SCÈNES AMÉRICAINES

AU

MILIEU DES BOIS

PAR

BÉNÉDICT H. RÉVOIL.

LIMOGES
EUGÈNE ARDANT ET Cⁱᵉ, ÉDITEURS.

AU

MILIEU DES BOIS

—————

1re SÉRIE GRAND IN-8°.

AU MILIEU DES BOIS

SCÈNES AMÉRICAINES.

CHAPITRE PREMIER.

Une prison au milieu des bois. — La pêche aux truites. Chasse aux flambeaux.

J'arrivai un matin à *Dannemora*, le 26 juin 1867 : mon vieil ami *Dan Tucker*, qui m'avait invité à aller le rejoindre, s'empara de mon bagage, qu'il fit transporter chez lui, et me donna ensuite le choix, ou de le suivre sans sourciller, ou de me quereller avec lui.

Nous étions liés depuis trop longtemps, *Tucker* et moi, pour nous fâcher jamais; j'accompagnai donc ma malle et j'établis mon quartier-général dans le logis de mon camarade de chasse.

A ceux qui connaissent Tucker, il est inutile de parler de sa bonté, de sa conduite honorable et tranquille, de sa mâle sincérité et de la fermeté de son caractère. A ceux qui ne savent rien sur son compte je dirai seulement :

Tucker était un homme dans toute l'acception du mot;

un homme de la race de ceux qui sont trop rares dans le monde.

A cinq milles de Dannemora, perdu au milieu des bois, se trouve le lac Chazy, sur les bord duquel une main inconnue a construit une cabane, refuge ordinaire du pêcheur qui vient y jeter ses filets.

Le sentier qui côtoie ce lac entouré de grands bois jusque sur ses bords, s'élève en serpentant, jusqu'au sommet d'une montagne qui a quinze cents pieds de hauteur.

Le matin du jour qui suivit mon arrivée, je quittai Dannemora et m'aventurai dans les bois, accompagné par un guide connaissant à fond toutes les régions sauvages que je me proposais de visiter. Cet homme portait sur ses épaules un énorme paquet contenant les provisions et autres choses nécessaires pour notre course dans les forêts.

Parmi les outils indispensables à un chasseur-trappeur, il faut compter une hache et une tarière, mais mon guide n'avait pas de fusil. Quant à moi, ma charge se composait d'une carabine et de mon attirail de pêche, c'est-à-dire d'un panier et de plusieurs lignes.

Oh! que j'aime les bois, leurs ombres profondes et leurs grands arbres; les bruits étranges qu'on y entend, harmonie indéfinissable qui chante la vie primitive et indique le bonheur!

Que j'aime les ruisseaux de la montagne, descendant fougueux de roche en roche et bondissant pour disparaître plus loin sous une pierre creuse, à l'ombre de laquelle reposent paresseusement les truites!

Voyez ce cours d'eau qui sautille sur les cailloux et s'étend plus loin, comme stagnant; on dirait qu'il sommeille dans ces parages silencieux!...

Tout en faisant les réflexions qui précèdent, nous marchions, mon guide et moi, et nous arrivâmes au lac Chazy, après une fatigante promenade de trois lieues.

J'avais sous les yeux une magnifique nappe d'eau d'une étendue de cinq milles, sur une largeur d'environ un mille. Par-delà les eaux du lac, vers le midi et l'est, s'élèvent de hautes montagnes couvertes de gigantesques futaies, tandis que, vers le nord et l'ouest, on aperçoit de vieilles forêts s'étendant au loin dans toute leur primitive beauté.

La nappe d'eau est dentelée de baies admirables dans lesquelles un bateau peut demeurer caché et passer inaperçu, même d'un autre bateau qui naviguerait sur le grand lac.

Une centaine de petits cours d'eau bondissent et babillent de tous côtés avant de se jeter du haut des roches, formant autant de petites baies dans lesquelles s'introduisait notre canot; tandis qu'au-dessus de nos têtes, les branches des arbres, festonnées de vignes sauvages, s'entrelaçaient comme un berceau dans un jardin.

Je me hâtai de lancer nos lignes au milieu de la grande baie.

Qui de vous, amis lecteurs, n'a pas jeté, une fois dans sa vie au moins, une mouche artificielle pour tenter l'habitant argenté du lac ou de la rivière. Quel plaisir de guetter le poisson, pendant que, semblable à un insecte rapide, il passe légèrement à la surface de l'eau, s'élançant de sa retraite cachée et se précipitant sur l'appât trompeur.

Avez-vous jamais remarqué l'étonnement du poisson quand il éprouve la résistance de l'hameçon au fond de sa gorge?

L'avez-vous jamais épié quand, courbant votre ligne comme un roseau secoué par le vent, il cherchait à recouvrer sa liberté? Enfin, l'avez-vous tenu quelquefois frétillant dans votre main pour le déposer dans votre panier, sur un lit de mousse ou d'algues fraîches?

Si vous n'avez pas éprouvé ce plaisir, chers lecteurs, qui voulez bien me suivre dans ma lointaine pérégrination, rendez-vous un jour, à votre loisir, sur le lac Chazy, et, si vous aimez la pêche et la chasse, ou les excursions au milieu de collines boisées où la fraîcheur de l'ombre des vieux arbres tempère la chaleur, vous éprouverez à Chazy un bonheur sans pareil.

Dix minutes après avoir jeté ma ligne, j'eus pris une quantité suffisante de truites pour notre déjeuner et notre souper. Mon guide et moi nous retournâmes à la cabane, et quand notre repas fut terminé, nous songeâmes à une autre chasse pour occuper notre après-midi.

La forêt était remplie de daims, et ces animaux venaient se baigner pendant la nuit pour se débarrasser des insectes qui les tourmentaient et pour brouter des fleurs de lis et des herbes, qui croissent partout dans l'eau peu profonde.

Pendant que ces animaux prennent leur nourriture, on peut facilement préparer un canot à l'avant duquel on place une lumière, de telle façon qu'elle soit assez élevée vers eux et arrangée de manière à ce que le chasseur disparaisse entièrement dans l'ombre.

Les daims restent immobiles et fixent sans crainte la lumière, à tel point que le canot, au bout de quelques instants, vient presque les toucher.

Nous nous munîmes d'une torche de bois résineux qui fut placée à l'avant de notre canot, puis nous nous

éloignâmes du rivage, vers neuf heures du soir, à la recherche d'un daim.

Nous ramions lentement, en observant le plus profond silence, tout le long des bords du lac. Mon guide
était assis à la poupe du canot; quant à moi, je me tenais
blotti à l'avant, derrière la lumière, des éclats de laquelle
je me trouvais garanti par la large voile de la barque,
composée d'écorces d'arbres et disposée de façon à ce que
le point de mire de la carabine fût libre de se mouvoir.

Nous étions parvenus à une courte distance de notre
point de départ, quand je découvris, à huit ou dix mètres en avant de notre canot, un objet qui ressemblait à
deux globes de feu et qui n'était en réalité que la ré-
flexion de la lumière dans les prunelles fixes d'un
énorme daim qui paissait dans le lac.

Sans écouter les observations de mon guide, je me
penchai sur le côté du bateau pour mieux apercevoir le
daim; mais la lumière éclaira tout-à-coup mon visage.

J'ai passé, oserai-je le dire sans paraître trop fat, pour
un garçon assez... gentil; j'ai aussi entendu dire quelquefois que je possédais des traits agréables, mais le
daim apprécia d'une toute autre façon ma physionomie,
car, dès qu'il m'aperçut il bondit et se sauva, en faisant
entendre une sorte de sifflement et en aspirant l'air avec
force, dans la direction de la montagne.

Nous longeâmes encore silencieusement une petite
baie où le même fait se manifesta. Le bateau glissait
doucement vers ce point, quand, grâce à une légère dé-
viation dans notre marche, nous aperçûmes un autre
daim qui regardait fixement notre lumière; nous avançâmes alors d'environ quarante pas vers l'endroit où se
trouvait l'animal, et dès que le bateau s'arrêta je fis feu.

La balle lui brisa le crâne et il tomba mort.

Le ramasser, l'emporter dans notre embarcation, tout cela fut l'affaire d'un moment.

Nous étions alors pourvus de venaison; nous nous hâtâmes de retourner à notre cabane.

La fatigue rendait le repos nécessaire; aussi dormîmes-nous profondément cette nuit-là, couchés sur un lit de branches vertes de ciguë. Un voile étendu sur nos têtes nous protégeait contre les attaques des moustiques et des mouches noires. Notre sommeil ne fut donc pas interrompu.

Le jour suivant, nous partîmes pour nous rendre à l'étang de Bradley, un petit lac situé à cinq milles, à peu près, plus avant dans la forêt et à mi-chemin, entre le *Chazec* et le Haut-Chataugay.

Notre premier soin fut de construire sur le rivage une cabane temporaire, et, dès que cela fut fait, je voulus jeter ma ligne. Pendant quelques minutes j'essayai, et les truites mordaient l'une après l'autre. Je cessai donc, car nous avions assez de provisions, pour ne point prodiguer ainsi les dons de la Providence.

J'éprouvai le plus grand plaisir à côtoyer cette petite mer pendant l'après-midi, et il me sembla qu'elle avait environ deux milles de circonférence.

Ce lac est peu pittoresque : son seul attrait est de se trouver seul au milieu des bois et d'être entouré de grands arbres de tous les côtés. Les rives en sont basses et marécageuses, aussi sont-elles inhabitées.

Dans la soirée mon guide ayant préparé une torche, nous sortîmes ensemble, et, montés dans notre embarcation, nous nous mîmes en quête de daims, fort nombreux sur les bords de ce petit lac, qui leur fournit abondamment du fourrage et des fruits sauvages. Les lis d'étang et l'herbe croissent dans l'eau peu profonde en grande profusion.

Le lis dont il est question ici diffère de tous ceux que j'ai vus autre part; sa tige, qui s'élève du sol aquatique parfois d'une profondeur de quinze pieds, est rugueuse et poilue, ressemblant assez à un trognon de chou et offrant un tissu pareil, moelleux et plein de fibres. Elle est aussi grosse que le bras d'un homme, et, quand elle atteint la surface de l'eau, elle s'élance, entourée d'une centaine de vrilles dont chacune se termine vers la pointe par une grande feuille ronde de cinq à six pieds de diamètre.

Ces grandes tiges servent de nourriture à tous les daims de cette partie de l'Amérique du Nord; l'animal cherche à les détacher du fond de l'eau et il les mange lorsqu'elles flottent à la surface.

Nous pouvions facilement, mon guide et moi, entendre les piétinements des daims dans l'eau et le bruit produit par leurs dents quand ils broyaient les tiges des lis.

A chaque instant des éclats phosphoriques passaient devant nos yeux, et, chose singulière à signaler, les stupides animaux demeuraient immobiles, à ce point que le canot arrivait presque à six pieds d'eux : ils fixaient avec un plaisir apparent l'étrange clarté qui s'avançait, mais dès que nous sortions de l'ombre et qu'ils nous apercevaient, ils bondissaient en humant l'air, et s'enfuyaient au plus tôt.

Nous n'avions nul besoin de venaison, aussi ne fîmesnous aucun mal cette nuit-là à ces pauvres daims inoffensifs.

Dans la matinée, nous levâmes le camp de nouveau et nous nous avançâmes dans la forêt en nous dirigeant vers le lac Chataugay (appelé *Shatagu*). Vers dix heures environ nous arrivâmes à la culée du lac.

Quoique cette nappe d'eau soit souvent visitée par les chasseurs et les pêcheurs dans les mois d'été, je n'ai lu nulle part la description de son paysage. Il est rare cependant que les prisonniers se rendent dans les parages où nous nous trouvions; ils ne viennent ordinairement que vers la partie basse du lac, près de laquelle existe un défrichement habité.

Mon guide connaissait parfaitement tous les sentiers du bois, et je le suivis sans la moindre appréhension.

Je fis une excellente chasse le long du chemin, qui passait sur les rives du lac et était fort sinueux. A chaque instant nous franchissions des cours d'eau peuplés de truites. Je tuai sur ma route un daim magnifique et deux superbes lapins d'une énorme taille.

CHAPITRE II.

Le lac Raggea. — Le trou aux poissons de la montagne. — Le canot d'écorces. — Une chasse aux daims sur l'eau.

..... Je partis le lendemain matin pour me rendre au lac Rag, situé à peu près à dix milles plus loin en avançant dans le désert américain.

L'instinct de mon guide, plus encore que ses connaissances pratiques, dirigeait notre marche.

Il n'y avait pour nous éclairer ni sentier, ni traces de pas, ni signes sur les arbres; nous marchions à travers des broussailles entrelacées et sur des blocs de pierres renversés par quelque commotion inconnue.

Une promenade de trois lieues au milieu de ces solitudes par une chaude journée d'été, quand on porte sur le dos une carabine, des engins de pêche et un panier, doit être considérée comme un tour de force, car le tiers de ce chemin dans de pareilles conditions exigerait enfore bien des pas de la part d'un homme robuste, et ferait perler mille gouttes de sueur sur son front.

A vrai dire, la route est égayée par le chant des oiseaux de la forêt, le cri de l'écureuil et le murmure des ruisseaux de la montagne, mais il n'en est pas moins certain que les pieds se fatiguent et que le bord moussu de quelque sauvage cours d'eau paraît agréable au voyageur, comme tout endroit propre au repos après la fatigue de la marche.

Notre route traversait une colline plus basse assurément que les montagnes que nous laissions à gauche, mais s'élevant encore de trois à quatre cents mètres au-dessus du ravin qui entourait sa base.

Au sommet de cette colline, nous parvînmes sur le bord d'un étang qui pouvait avoir deux cents mètres de circonférence, et dont l'eau était limpide et froide. Sur chacun de ses bords, à droite et à gauche, on trouvait deux petits ruisseaux, suivant chacun deux directions différentes dans leur course vers la mer. L'un d'eux se jetait dans le Choz, et l'autre s'égarait sans qu'on pût dire où, à travers un berceau inextricable, jusqu'à son confluent avec le grand Saint-Laurent.

Quoiqu'ayant deux issues, l'étang n'offrait à la vue aucun canal d'alimentation; c'était dans le fait une grande source, un réservoir placé sur un sommet divisé.

qui recueillait les eaux jaillissantes pour les envoyer au ruisseau dont j'ai déjà parlé. Le sol était marécageux tout à l'entour, bien qu'on pût remarquer une rangée de petits rochers placés sur ses bords, presque avec la régularité d'une construction faite par les hommes.

Je préparai un long roseau à l'extrémité duquel j'attachai ma ligne, puis je marchai, de rocher en rocher, sur le bord de l'étang, et je lançai mon hameçon et son appât. A peine avait-il touché l'eau qu'il fut saisi par une truite tachetée qui pesait le quart d'une livre. J'en pris encore six semblables, c'est-à-dire une chaque fois que je lançai ma ligne. J'aurais pu en pêcher une plus grande quantité, mais nous n'avions nul besoin de poisson pour dîner, et je crus devoir m'abstenir.

Pendant que je m'occupais de la sorte, mon guide avait allumé du feu auprès d'un arbre abattu, et faisait griller sur les charbons une tranche du cerf que j'avais tué la nuit précédente.

Cette viande et une belle truite soumise au même mode de cuisson, du pain et du beurre, composèrent notre dîner, qui fut exquis.

N'allez pas au moins vous figurer un couvert luxueux, une table d'acajou, des nappes blanches, des fourchettes d'argent, des plats de porcelaine de Chine, et des chaises moelleusement rembourrées; tout ce confort est inutile aux nécessités de la vie. Un morceau d'écorce de bouleau fraîchement arraché à l'arbre et un couteau, sont les seuls accessoires d'un dîner fait au milieu d'une forêt américaine. Les doigts de l'homme étaient créés bien avant les fourchettes, et il ne faut pas qu'un corps affamé se montre délicat, au point de ne pas savoir se servir de ses moyens naturels.

Je me crois un homme sobre, en droit, par conséquent, de parler des maux qu'engendre l'abus des boissons, pourtant le « *Pistolet de poche*, » autrement dit la fiole d'eau-de-vie contenue dans le sac de mon guide, ne me fit nullement horreur ce jour-là, quoique je l'eusse « déchargé » tout entier dans mon gosier.

Après avoir dîné, nous nous reposâmes pendant une demi-heure, après quoi nous reprîmes notre marche. Trois heures plus tard, nous arrivions au lac Rag, une nappe d'eau magnifique, telle que jamais poète enthousiaste n'en a décrit.

Point de bateau sur ce lac, peu d'amateurs de pêche ayant le courage de visiter ses solitudes. Par bonheur mon guide, en vrai coureur des bois, était un homme d'expérience et de grande ressource.

— Si vous le voulez, me dit-il, nous allons côtoyer le lac, comme nous l'avons déjà fait pour les autres, et cela dans un vaisseau de notre invention.

La forêt qu'entoure cette belle nappe d'eau est plantée de magnifiques sapins, mon guide en choisit un propre au but qu'il se proposait, et à l'aide de sa hache il l'abattit sur le sol. Avec l'écorce de cet arbre géant, nous réussîmes, bien avant le coucher du soleil, à construire un canot.

Quand l'embarcation fut terminée, nous nous assîmes en usant de grandes précautions, et, les pipes allumées, nous commençâmes à naviguer sur le lac.

Le canot façonné par mon guide était une véritable curiosité d'invention. Des baliveaux de cinq ou six pieds de long fendus par le milieu et recourbés ensemble, comme des crampons, maintenaient l'écorce à l'avant et à l'arrière de la barque. Avec des bouts de corde il avait fait de l'étoupe qu'il avait introduite dans les fentes et recouverte ensuite de résine fondue, recueillie à la plaie des branches coupées aux arbres que nous avions abattus et dans les fissures des troncs pourris de ceux qui nous entouraient.

Plusieurs baguettes étendues en travers, d'un côté à l'autre de l'embarcation, donnaient la forme voulue; j'ajoute qu'une mince solive placée en longueur dans le fond suffisait pour la force de notre poids.

Quant aux rames, elles avaient été modelées dans les planches fendues du tronc de l'arbre que nous avions abattu.

Lorsque tout 'avait été prêt, mon guide avait mis à l'eau son grossier esquif, et avait pris place après m'avoir fait asseoir au fond sur un siége fait de branches d'arbres. Un moment après, nous quittions la rive et nous poussions au large. Notre canot glissait sur l'eau comme s'il fût sorti d'un des meilleurs chantiers de New-York ou de Boston.

Tant que nous demeurâmes assis dans le fond, l'embarcation se maintint d'aplomb; mais quand l'engourdissement causé par une position gênée nous contraignit à changer de place, il nous fallut l'habileté des danseurs de corde pour garder l'équilibre et pour éviter de faire un trop brusque plongeon dans les eaux glacées du lac.

Le nom de *Rag*, autrement dit haillon, donné à cette nappe d'eau, lui convient parfaitement; ses contours sont tout-à-fait irréguliers, et comme déchirés. Ici c'est un rocher saillant et pointu qui projette l'ombre de son promontoire sur la nappe liquide; là règne une lagune hérissée d'arbustes touffus, tantôt large, tantôt se rétrécissant pour mourir sous une voûte ombreuse de branches entrelacées formant une charmille épaisse et de la plus agréable fraîcheur.

Une plage sablonneuse étincelant sous les rayons du soleil et se glissant sous les rides des flots, se prolonge en zigzags comme le sentier d'un jardin anglais parmi les saules et les aulnes.

Là-bas, c'est un escarpement abrupt, une roche perpendiculaire qui descend dans le lac à des profondeurs inconnues ; ces trous sont les demeures favorites des truites. En continuant à naviguer nous rencontrons un banc de verdure qui s'éloigne du rivage et qui se compose de cannes, de joncs et de grandes herbes, et plus loin encore entremêlés aux nymphéas dont les fleurs blanches et dorées resplendissent au soleil comme autant d'étoiles parsemées sur le sein des eaux. Au sud-ouest, le mont Lyon porte sa tête altière dans les nuages et domine comme une sentinelle gigantesque les forêts et les lacs. On dirait que, vedette immobile, il surveille tout le désert autour de lui.

Peu de personnes, je l'ai déjà dit, ont pénétré jusqu'à ce lac, dont les eaux sont remplies de truites. Celles-ci ignorent le piége que cache l'appât ; les plumes et la raie qui garnissent le crochet de fer sont pour lui un vrai taon, un véritable grain de mil, ou quelque vermisseau échappé aux marais qui bordent le rivage. C'est là que naissent, grossissent et meurent ces poissons excellents, rarement troublés ou persécutés par les pêcheurs.

Nous trouvâmes en cet endroit un plus grand nombre de daims que nous n'en avions vu jusqu'alors.

Longtemps avant la tombée de la nuit nous les vîmes quitter les halliers qui bordent le lac, s'avançant dans

l'eau avec précaution, et, après avoir incliné leurs cous
gracieux pour boire, nageant au loin, comme s'ils eussent eu l'intention de prendre un bain rafraîchissant et
de saturer d'eau le poil de leurs robes fauves. Ils reve-
naient ensuite paître tranquillement sur la rive à l'abri
des insectes et de la chaleur d'un soleil d'été.

Quand la nuit fut venue, nous nous dirigeâmes vers
leurs reposées après avoir placé une lumière à l'avant
de notre canot. Nous en fîmes bondir un nombre considérable. D'après leurs allures, j'ai lieu de croire que nos
visages étaient loin de leur plaire, car dès qu'ils nous
apercevaient ils s'enfuyaient d'une telle vitesse qu'un
cheval de course aurait eu peine à les suivre.

Une fois de retour à notre cabane, nous ne tardâmes
pas à nous endormir, bercés par la sérénade que la nature nous donnait gratis : tous les oiseaux des bois ga-
zouillaient comme en plein jour, et l'on entendait des
bruits étranges.

Le jour suivant, nous côtoyâmes le lac pour explorer
ces réduits solitaires et silencieux. Partout dans les petites baies à la tête desquelles les ruisseaux de la montagne venaient apporter le tribut de leurs eaux glacées,
les truites mouchetées se trouvaient rassemblées ; quant
aux autres espèces, elles abondaient dans l'eau profonde
du lac, à l'endroit le plus éloigné du récif escarpé.

L'heure du dîner était arrivée quand nous parvînmes
vers l'extrémité nord du lac, et nous choisîmes pour siége
et pour table un vieux rocher recouvert de mousse au
pied duquel coulait une source limpide ombragée par un
érable dont les branches formaient une sorte de tente
au-dessus de nos têtes. Un mudge, autrement dit un
grand voile de toile fine, nous protégeait contre les

piqûres des mouches noires et des moustiques, et nous
fîmes une sieste prolongée bien nécessaire à des hommes fatigués par la marche et les travaux de chasse et
de pêche.

Après avoir goûté le repos pendant deux ou trois heures, nous revînmes vers notre cabane en longeant la
rive opposée, afin de passer la nuit confortablement. Je
rencontrai tout en cheminant de nombreuses volées de
halbrans, dont les ailes avaient à peine des plumes et
qui, sous la garde vigilante de leur mère, voletaient rapidement loin de nous et se cachaient au milieu des
herbes et des saules du rivage.

Nous fîmes halte, mon guide et moi, sous le frais ombrage d'un énorme sapin qui s'inclinait au-dessus des
rochers; nous voulions à la fin nous reposer pendant
quelques instants et jouir de la beauté du paysage qui
se déroulait autour de nous.

Je venais d'allumer un cigare et je commençais à hu-
mer quelques bouffées que je renvoyais à la brise, quand
mon compagnon me montra un daim qui entrait dans
le lac et qui, ayant incliné la tête comme s'il eût voulu
boire, manifesta l'intention de se diriger vers la rive
opposée. On eût dit qu'il aimait mieux traverser le lac
à la nage que d'en faire le tour. Nous attendîmes que la
bête se fût assez éloignée du rivage pour qu'il nous fût
possible de lui couper la retraite et de la poursuivre.

Les eaux du lac étaient tout-à-fait calmes; aucun
souffle de vent ne ridait sa surface unie comme un miroir, à l'exception cependant du long sillage que le daim
laissait derrière lui.

Dès qu'il entendit le bruit de nos rames, l'animal
tourna la tête et nous aperçut. Il parut hésiter pendant

un moment et sembla se demander quelle direction il devait prendre, regardant d'abord d'un côté, puis ensuite d'un autre; je devinai qu'il ne découvrait pas l'endroit favorable pour nous échapper.

Nous nous trouvions alors entre la bête et le rivage, aussi notre daim crut-il devoir pousser courageusement en avant.

L'embarcation dont j'ai déjà parlé à mes lecteurs était fort légère; nous avancions donc avec assez de rapidité, lorsque la chasse commença; le daim avait à peu près cinquante mètres d'avance sur nous, et, guidé par l'instinct de la conservation, il nageait avec ardeur vers la rive opposée, distante environ d'un demi-mille.

Atteindre cet animal n'était pas un jeu d'enfant; aussi, grâce à l'excitation de la chasse, oubliâmes-nous notre fatigue et l'ardente chaleur du soleil, sans prendre nul souci des grosses gouttes de sueur qui coulaient sur notre visage, tandis que nous ramions de toutes nos forces.

Ni mon guide ni moi n'avions cependant l'intention de tuer le daim, car nous eussions pu le faire très-facilement à l'aide de ma carabine chargée, qui reposait dans le fond de notre petite barque.

Notre but était d'expérimenter un essai de vitesse, et nous voulions être témoins de l'effroi de cette bête sauvage et de ses efforts désespérés pour échapper à notre poursuite.

Nous ramions avec vigueur derrière lui; une chasse sérieuse est toujours longue, aussi lorsque nous eûmes franchi les deux tiers de la distance fûmes-nous à une encâblure de l'animal.

Si nous eussions été moins excités, il nous aurait paru

cruel de jouir de l'agonie de cette charmante créature qui plongeait en avant avec des efforts grâce auxquels il sortait à demi de l'eau, et qui se remettait ensuite désespérément à la nage, les yeux hors de leurs orbites, les narines ouvertes, il se démenait et cherchait à atteindre la rive.

A un moment donné, nous poussâmes un sauvage hourrah, car notre canot touchait le pauvre animal qui, se regardant comme perdu, se mit à bramer et à pousser des cris de terreur.

Tout en agissant de la sorte, il continuait à nager avec courage. Notre canot le poursuivait toujours chaudement, jusqu'à ce qu'enfin la bête toucha le fond et piétina dans la vase.

La chasse était terminée. Quelques bonds désespérés le portèrent sur la berge; une fois là, sans détourner la tête, il s'enfonça triomphalement dans la solitude où il avait vu le jour.

Nous entendîmes quelque temps encore le bruit de ses grands sauts et le craquement des arbustes desséchés; tout cela s'évanouit dans l'éloignement et tout redevint silencieux.

Je n'oublierai de ma vie cette scène si émouvante pour un chasseur européen.

Nos vêtements étaient trempés quand la chasse fut terminée, et ce n'étaient pas les eaux du lac qui les avaient mouillés.

Nous restâmes quelque temps là, mon camarade et moi, immobiles, puis nous retournâmes à notre cabane.

Tandis que le soleil, semblable à un fanal, paraissait se suspendre à la cime des arbres de la forêt, nous nous assîmes pour souper.

Nous nous étions trop fatigués à la poursuite du daim ; aussi nous couchâmes-nous de bonne heure. Il nous fallut recourir à des feux fréquents de bois vert produisant de la fumée pour nous préserver des piqûres des insectes qui se repaissent de sang humain.

Comme on pense bien, ni mon guide ni moi nous ne négligeâmes ce soin ; car lorsque la fumée cessait, la trompette des moustiques retentissait, et la pointe de leurs petits dards nous rappelait la nécessité d'entretenir le feu.

Il est impossible de dormir tard, quand on couche par terre dans une forêt, et ceux qui ne sont pas habitués à cette existence s'y font difficilement.

Dans ces vastes solitudes américaines, les murmures joyeux du matin qui succèdent aux rumeurs étranges de la nuit, et s'élèvent avec harmonie, note après note, pour saluer le jour naissant, sont trop agréables pour permettre la continuation du sommeil.

Nous étions donc levés avant le soleil, le lendemain matin de notre excursion. Un bain dans le lac avoisinant notre cabane dissipa notre lassitude ; puis, à l'aide de notre ligne, nous pourvûmes à notre déjeuner.

CHAPITRE III.

Le lever du soleil au milieu des bois. — Mon guide. — Une première visite dans une ville. — Une erreur et ses conséquences.

La matinée était une des plus belles que j'eusse jamais vue. L'atmosphère limpide et resplendissante était im-

prégnée d'une fraîcheur sans pareille. Les arbres semblaient être couverts d'un manteau plus éclatant et plus
vert qu'à l'ordinaire, et les fleurs des prairies d'une
teinte plus riche. Les oiseaux chantaient joyeusement et
les coassements mêmes des grenouilles paraissaient offrir
une note folâtre qu'ils ne possédaient pas la veille.

Aucune ride n'effleurait la surface unie du lac, si ce
n'est cependant aux endroits où la truite en gaîté s'élançait à la surface. Ce matin-là, un radieux spectacle s'offrait à mes yeux. Le soleil se levait empourprant les
cimes des montagnes, tandis que dans la vallée où se
trouvait le lac, les lueurs grisâtres du crépuscule hési-
taient encore à disparaître. L'astre incandescent chassait
les ombres devant lui, du côté des collines; il reposait
d'abord ses rayons sur le faîte des grands arbres de la
forêt, et se montrait ensuite à travers les ouvertures du
feuillage, mouchetant de taches brillantes la surface de
l'eau. Quand il parvint enfin au-dessus des plus vieux
arbres, son disque se refléta sur le miroir uni du lac.

Mon guide, qui avait passé quelques jours en cet endroit pendant la dernière saison, avait construit un canot
que nous retrouvâmes sur un amas de roseaux où il l'avait
laissé caché, amarré à deux saules qui croissaient près
du rivage. Il fallait renouveler la quille de cette embarcation avant de la remettre à l'eau, et le brave homme
s'occupa de ce travail.

Vers six heures, la réparation était achevée, notre
repas aussi, et nous pûmes nous embarquer.

Ce lac Rag peut avoir environ six ou sept milles de
circonférence. Du côté de l'est, s'élèvent de hautes montagnes isolées et comme jetées çà et là par la main
puissante du Créateur.

Vers le sud et s'étendant à quelques milles, on pénètre dans une vallée où dans plusieurs années, quand le territoire de l'ouest de l'Amérique sera peuplé, on trouvera de belles fermes, riches en produits agricoles.

Pour l'instant, cette vallée est assez sauvage. Le chant des oiseaux de la forêt, le gazouillement d'un petit ruisseau qui coule au milieu, et le murmure du vent dans les arbres, sont les seuls bruits qu'on entend là.

Une fois loin de la plage, nous ramâmes lentement le long de la rive, en visitant toutes ces baies magnifiques et en nous arrêtant sous les grottes feuillues à l'abri desquelles l'eau formait un coude et s'enfonçait dans la terre entre les arbres.

Mon guide, âgé d'environ quarante-huit ans, était un philosophe à sa façon, aussi bien qu'un original.

Son corps était doué de cette constitution vigoureuse, robuste et dure à la fatigue, qu'on trouve le plus ordinairement parmi les hommes des frontières des Etats-Unis. •

Les raffinements de la société lui étaient inconnus; il avait passé sa vie dans des colonies de l'ouest de l'Amérique, que l'on appelle Back Settlement, et au milieu des forêts.

Cet homme, porté à la mélancolie, ce qui s'explique par les excursions solitaires qu'il avait faites, possédait, grâce à ses connaissances de tous les pays boisés et déserts, une expérience toute particulière.

Une fois, une seule, il s'était rendu dans une ville et avait été suivi par les enfants, qui s'étaient moqués de lui. Il avait pris alors en horreur les hommes civilisés, les rues pavées, le roulement des voitures, l'imperti-

neuce des enfants, et avait juré de ne retourner jamais
dans une cité.

Ce brave homme me raconta son voyage, que je trouvai fort amusant, grâce surtout à la façon originale avec
laquelle il raconta ses aventures.

— J'ai vu, dit-il, toutes les merveilles des bois; j'ai
combattu contre les panthères et livré de rudes assauts
aux ours; j'ai tué d'énormes chats sauvages et écorché
les plus gros daims du Shataga, dans les forêts où j'avais
établi mon wigwam solitaire. Souvent j'ai chassé l'élan
sur la neige en plein hiver, et j'ai été dévoré par les
mouches noires et par les moustiques en été. Il y a donc
eu quinze ans le dernier jour du mois de juin, si ma mémoire ne me trompe pas, que je fis une excursion à
Albany. J'emportai avec moi quelques épargnes et me
préparai à visiter toutes ses merveilles. J'empaquetai
aussi mes effets, qui formaient une rude charge, et je
remplis un grand canot de fourrures et de pelleteries
parmi lesquelles on en trouvait plus d'une d'ours et de
panthère.

Je partis donc de Plattsburg pour Whitehall, et, soit
dit en passant, Monsieur, il y a une longue route à parcourir tout seul, quand on tire après soi un énorme canot
sur le lac Champlain; si jamais vous en faites autant,
vous en saurez quelque chose.

Après avoir ramé péniblement pendant quatre jours,
je débarquai à Whitehall; là je plaçai mes marchandises
à bord d'un petit bateau et je continuai ma route. A
West-Troy je louai un cheval et un chariot, et je partis
pour Albany. Dans cette ville, je vendis mes marchandises avec avantage, puis je songeai à visiter la ville; je
me dirigeai donc devant moi, en flânant, en regardant

aux vitres des magasins, en examinant les enseignes
originales et les voitures; il faut croire que j'avais l'air
fort extraordinaire, puisque les gamins s'assemblèrent
autour de moi, en s'informant de quel endroit je venais,
et me demandant si ma mère savait que je m'étais
échappé. Je ne fis pas beaucoup d'attention à ces propos,
car ces drôles étaient trop petits pour que je me misse
en colère contre eux; je me disais, en outre, qu'on ne
leur avait pas appris qu'il était mal d'agir de la sorte.

Un instant après, un grand jeune homme d'assez
mauvaise mine s'imagina qu'il pouvait se mettre de la
partie; il se joignit donc aux bambins pour se moquer
de moi, et, poussant ces drôles, il demanda à savoir
combien la vieille avait chez elle d'oursons de mon espèce.

Je suis patient, Monsieur, mais il y a des choses que
je ne peux pas tolérer, et la raillerie sans motif en est
une.

Je dis donc au jeune homme qu'il eût à vaquer à ses
affaires et à me laisser aller aux miennes, lui jurant
que s'il se rendait à ma demande tout se passerait bien
entre nous, tandis que s'il ne m'écoutait pas, il pourrait
bien lui arriver quelque chose de peu agréable.

Le mauvais garnement paraissait être assez courageux
et disposé à jouer des poings, mais malgré ses grimaces
je fis semblant de ne pas le comprendre. Je lui conseil-
lai, avec la meilleure intention du monde, de se tenir
de l'autre côté de la rue, ce à quoi il ne parut nullement
disposé à obéir. Il me fit, au contraire, l'effet de prendre
cette injonction comme un aveu de ma frayeur, et il devint plus provocant que jamais. Portant brusquement
sa main sur mon vieil habit de chasse, il l'arracha
presque de mes épaules.

Mon sang bouillonnait, Monsieur, je n'étais plus un bébé à cette époque, pas plus que je ne le suis maintenant. Cette masse, ajouta mon camarade, en mettant à découvert son bras musculeux et en fermant son énorme poing, n'a pas souvent été lancée contre une créature humaine, et j'espère que ce qui est arrivé une fois ne se renouvellera jamais. Lorsque j'abattis mon poing sur la figure du jeune homme, je suis persuadé qu'il vit des étoiles en plein midi. Il roula sens dessus dessous, au beau milieu de la route, et quand il fut par terre, il demeura immobile. Il n'éprouvait plus le moindre désir de combattre. Il se remit enfin sur ses pieds en chancelant comme un homme ivre, et je fus désolé de l'avoir frappé si fort; je crois cependant qu'il le méritait bien.

Au moment où ceci se passait, un homme s'avança vers moi et m'enjoignit de le suivre.

— Qui êtes-vous? lui demandai-je.

— Un policeman, répondit-il, et je vais vous conduire à la geôle.

— Soit! répliquai-je en m'avançant vers cet homme, la loi est la loi, et nous devons lui obéir.

Nous nous rendîmes ensemble au bureau de police. Le juge était un honnête homme, car il ne me parut pas vouloir abuser de l'ignorance dans laquelle j'étais des exigences d'un tribunal.

Le garçon que j'avais frappé se trouvait là, le visage défiguré, le nez enflé comme une grosse saucisse, et les yeux condamnés à ne pas voir la lumière de sitôt, à cause des boursouflures dont ils étaient entourés.

Il fut appelé pour prêter serment, et j'avoue que je ne pus m'empêcher de frémir en l'entendant mentir de la pire façon. Vous vous doutez bien qu'il rejeta entièrement la faute de mon côté, et qu'il se déclara le plus innocent des agneaux, maltraité par un loup dévorant.

Je rêvais à tous les mensonges qu'il venait de prononcer, quand le magistrat me demanda ce que j'avais à répondre.

— Monsieur le juge, lui dis-je, je suis un homme paisible, qui n'a eu de querelles avec une créature humaine que deux fois dans le cours de sa vie, et encore c'a été parce que je n'ai pas pu l'éviter. Avant aujourd'hui, je n'avais frappé mon semblable qu'une seule fois, et Dieu sait si j'avais toujours regretté depuis cette action ; hélas ! j'avais été forcé d'agir ainsi. Etranger aux usages des villes, je ne me conduis peut-être pas comme je le devrais, car j'ai été élevé au milieu des trappeurs et des coureurs des bois. Avant tout, cependant, je suis un homme loyal, né dans le comté du Shataga, et remplissant une profession honnête. Je ne me suis mêlé des affaires de personne et j'ai été aussi poli que je sais qu'on doit l'être. Ce drôle que voici vous en impose, il m'a maltraité et vous a conté un tissu de mensonges d'un bout à l'autre de sa déposition, à l'exception toutefois d'un simple fait que je reconnais, parce qu'il est vrai. Je l'ai frappé, et je suis très-fâché que le coup ait été aussi violent ; à vrai dire, depuis que j'ai entendu ce garçon-là mentir de la sorte, je me dis que je l'ai servi avec justice et comme il le méritait.

Je racontai alors au magistrat ce qui était arrivé, et cela avec droiture et simplicité.

— Tucker, me dit le juge, à qui j'avais dit mon nom, je ne doute pas de la véracité de votre récit, car vous avez le regard et la parole d'un honnête homme, mais il m'est impossible de vous renvoyer absous de la plainte, sans l'affirmation d'un témoin.

— Monsieur le magistrat, s'écria alors un garçon aux yeux bleus et d'une très-honnête mine, âgé d'environ douze ans, qui nous avait suivis au bureau de police, chaque mot du récit de cet homme est vrai, car cela s'est passé sous mes yeux.

Tout en parlant ainsi, ce garçon s'était avancé, et la main droite levée, avait prêté le serment d'usage, en affirmant que l'histoire toute entière était aussi véritable que l'Evangile.

— La cause est entendue, dit le juge. Tucker, vous êtes libre.

Je remerciai de tout cœur l'honnête garçon qui n'aimait pas à voir faire lè mal, et le juge le complimenta sur sa droiture.

Une demi-heure après cette histoire, je harnachais mon vieux cheval et je quittais Albany en remontant le long des rives du Champlain, du côté de ma demeure. Depuis ce temps-là, je n'ai jamais éprouvé de nouveau l'envie de poser le pied dans une ville.

Quand je m'aventure au milieu des bois, tout ce qui m'entoure m'est familier ; je reconnais les lacs silencieux et solitaires ; les ruisseaux qui se glissent furtivement entre les rochers, le long des collines, sont comme de vieux amis que je connais tous et que j'aime de tout mon cœur. Ce qui m'étonne, Monsieur, c'est qu'il n'y ait pas plus de gens qui fassent comme vous, c'est-à-dire qui viennent se promener ici dans les bois, afin d'admirer ce que Dieu a fait. Pourquoi ne pas courir toujours les forêts profondes, au milieu des grands arbres, des ruisseaux, des lacs et des montagnes, sous le frais ombrage, et écouter le chant joyeux des oiseaux et tout ce que dit la nature quand elle se parle à elle-même?

Les histoires racontées par mon guide me faisaient éprouver un très-grand plaisir, et il avait été le héros de nombreuses aventures dans sa longue expérience des bois! Pendant vingt-cinq années de sa vie, il avait visité tous les coins et recoins de ces contrées sauvages, et comme il avait beaucoup vu et beaucoup appris, les récits qu'il faisait offraient un grand intérêt à quiconque n'avait pas l'habitude d'assister à de pareilles scènes.

— Vous voyez, Monsieur, ajouta Tucker, ce rocher à la cime en aiguille qui s'élève sur le bord du lac, à côté d'une meule de foin; non loin de lui, derrière ces énormes fragments de rochers, se trouve une grotte assez confortable pour un ours ou pour un loup. Eh bien! fit-il, j'ai passé là une saison, il y a eu dix ans cet été. J'étais venu ici pour chasser, lorsqu'un jour, tandis que je ramais le long du rivage, j'aperçus, bondissant sur le sable, juste auprès de ce roc, deux oursons à peu près aussi noirs que doit l'être le diable, et de la taille d'un gros chat. Je compris que la mère n'était pas très-éloignée; je ne voulais pas qu'elle crût que je touchais à sa progéniture, et pourtant je convoitais les deux jeunes ours; aussi fis-je de mon mieux pour m'en emparer. Les deux animaux ne paraissaient pas être effrayés le moins du monde : assis sur leur train de derrière, ils me regardaient avec autant d'imprudence que si je n'eusse pas été leur ennemi naturel.

J'examinai rapidement les batteries de mon fusil et je m'assurai qu'elles étaient armées; tout aussitôt je me mis à courir, et tombant sur les oursons, j'en saisis un de chaque main et je les jetai à la fois dans le canot.

Les deux petites bêtes poussèrent un cri terrible, quoique leur taille fût très-exiguë; je compris quel était leur but, et sautant rapidement dans le canot, je poussai au large. Parvenu à une certaine distance de la rive, je tirai les oreilles aux oursons pour les faire crier de nouveau.

J'entendis à ce moment un bruit fantastique suivi d'un craquement de branches et d'un grognement qui me fit comprendre que la vieille mère accourait au secours de sa famille.

Je me trouvais à dix ou douze mètres du rivage, et quand je pus apercevoir l'ourse, j'élevai à bras tendu un de ses petits et je le fis crier encore.

La mère nous aperçut, moi et son petit, et se jetant à l'eau elle commença à me poursuivre avec des intentions hostiles; je la laissai arriver à vingt ou trente pieds du canot, puis saisissant ma carabine d'une main sûre, je visai et lâchai la détente.

La maudite arme fit long feu.

La situation commença alors à me paraître sérieuse, et je compris que ce que j'avais de mieux à faire, c'était de revenir près du rivage. La distance que j'avais à franchir en quelques minutes était grande, Monsieur, et pourtant je gagnai sur la vieille ourse; j'eus le temps de mettre une nouvelle amorce à mon fusil, d'épauler et de faire feu.

Cette fois-ci, je ne manquai pas mon coup.

A l'instant où l'animal arriva à quelques mètres de mon canot, je lui logeai une balle dans le crâne; il tourna pendant quelques secondes et je vis sa tête retomber inerte dans l'eau. Je hissai la bête avec beaucoup de difficultés dans le canot, et je revins du côté du

rocher, dans le but de faire passer un mauvais quart
d'heure au père de famille, si je le trouvais dans ces
parages. J'attendis à l'affût à peu près jusqu'à la nuit,
et, pour mieux réussir, je faisais de temps à autre crier
les jeunes ours, comme pour donner une sorte d'éveil à
leur père, que j'attendais de pied ferme.

Mon calcul était assez juste : quelques instants avant
le coucher du soleil, un grognement répondit aux cris
des oursons, et je vis arriver le vieil animal affamé et
furieux au point que rien ne pourrait donner l'idée de
sa hideuse apparence.

Je vis qu'il était disposé à un combat à outrance, je
tirai plus que jamais les oreilles des oursons et je les fis
crier ; aussitôt le vieux père se précipita à ma poursuite.
J'arrêtai l'élan de cette brute à l'aide d'une balle, et je
ramai aussitôt vers la terre afin d'y passer la nuit.

Je savais bien qu'il n'y avait plus d'ours en cet endroit, aussi les orphelins et moi dormîmes-nous très-
bien dans l'antre derrière le rocher.

Cette excursion fut une bonne affaire pour moi, car je
vendis neuf dollars chaque peau des grands parents, et
je cédai les oursons pour quarante piastres. Ces gentilles
bêtes étaient passablement affamées lorsque je les pris,
mais elles furent bientôt rassasiées et devinrent très-
familières, à ce point qu'on les eût prises pour de jeunes
chats. Un matin, à Plattsbourg, je les vendis à un habitant de Montréal.

Tandis que Tucker me racontait cette histoire, nous
touchions le rivage et nous débarquâmes près du rocher ;
mon guide voulait me faire voir l'endroit où il avait
dormi avec ses oursons.

C'était en effet un site très-convenable pour un repaire d'ours, et si nous n'avions eu déjà une habitation confortable, la grotte des ours n'eût pas été à dédaigner pour y dresser notre wigwam.

CHAPITRE IV.

La cabane abandonnée. — La justice rendue par un chasseur. Délivrance d'un captif.

Tucker m'emmena à sa suite par des sentiers de chamois jusqu'au sommet du rocher, d'où nous jouîmes de la vue du lac, grâce à un petit télescope de poche qui mettait chaque chose à la portée de notre vue.

Nous aperçûmes dans différentes directions plusieurs daims qui paissaient le long du bord, un entre autres qui, à un demi-mille vers le bas du lac, traversait la nappe d'eau en nageant vers la rive opposée. Il y avait aussi de nombreuses volées de halbrans qui se jouaient sur l'eau, tantôt plongeant et tantôt glissant légèrement sur la surface, ou bien folâtrant autour de leur mère attentive.

Pendant que nous observions une de ces bandes ailées dans une baie qui pouvait être éloignée de quatre-vingts pas, nous la vîmes tout-à-coup, à un signal donné par la mère, disparaître parmi les joncs et les glaïeuls; la cane elle-même se hâta de se cacher.

L'explication de cette alarme ne tarda pas à nous être donnée, quand nous aperçûmes un grand aigle qui planait au-dessus du lac.

Ce roi des oiseaux compose généralement ses repas de palmipèdes de toutes les espèces, et, dans la solitude des

déserts américains, les aigles sont les seuls ennemis re-
doutables pour les canards, les oies, etc., etc. Leur
sûreté est au prix d'une continuelle vigilance, et si l'un
de ces oiseaux s'éloigne des canniers qui longent les
rives pour pousser au large, ses chances de retour ne
sont nullement assurées.

Tacker me fit pénétrer dans une petite baie située a
l'abri d'un rocher pointu qui la marquait; c'était là que
nous devions dîner. Cette baie, d'une étendue d'un quart
de lieue, était si bien cachée, qu'à moins de nous chercher exprès, cent personnes auraient pu côtoyer le lac
sans nous découvrir.

Nous débarquâmes vers un endroit découvert, le seul
de ce site agreste, et tandis que mon guide allumait le
feu, je jetai ma ligne dans un trou assez profond. Rien
n'était plus facile que de s'approvisionner de poisson.
Lorsqu'on s'aventure au milieu de ces lacs, il n'est pas
nécessaire de songer à l'avance au repas du soir ou du
lendemain. On allume d'abord le feu, et cinq minutes
après, un homme tant soit peu adroit a pêché assez de
truites pour son repas et celui de ses compagnons.

Nous avions en réserve une tranche de venaison mise
au frais entre deux feuilles vertes au fond de notre canot,
aussi notre dîner fut-il exquis ce jour-là, et nous nous
couchâmes aussitôt après, pour faire notre sieste.

Une heure après, nous sortions de la petite baie, tout
en pêchant encore quelques petits poissons près du rivage; puis nous nous avançâmes vers le milieu du lac
pour voir s'il y avait de grosses truites dans l'eau profonde.

Le premier essai réussit.

A une profondeur d'à peu près six pieds, j'en pêchai

trois en quelques minutes, qui pesaient de sept à huit livres. Je priai Tucker de ramener notre canot vers le rivage, que nous côtoyâmes alors sans nous éloigner davantage sur la rive nord-est. J'aperçus et je désignai à Tucker une place nette où mon guide m'apprit avoir vu autrefois la hutte d'un Canadien de sang-mêlé, comme on les appelle. Elle était tombée en ruines plusieurs années auparavant, et les herbes luxuriantes, les mauvaises plantes et les arbustes occupaient l'endroit où le pauvre diable avait autrefois défriché, planté et cultivé un petit jardin, en admettant qu'on puisse appeler ainsi un demi-âcre de terrain où croissaient des pommes de terre et des fèves.

Le Canadien sang-mêlé, né de parents français et indiens, est une des branches dégénérées de la première colonisation. Ces gens-là sont, pour ce qui est du travail, aussi paresseux que les Indiens, sans avoir rien de leur industrie, de leur esprit inventif, de leur adresse et de leur persévérance pour la chasse. Ils vivent de gibier pris au piége et du produit des paniers qu'ils fabriquent. Les rats musqués, les robes des daims, dont ils s'emparent sur la glace, fournissent à ces trappeurs soit une nourriture peu variée, soit des vêtements, soit encore des moyens d'échange pour se procurer de l'épicerie et du blé.

Ils passent l'été et quelquefois l'hiver auprès des lacs que l'on rencontre au milieu des forêts. Deux ou trois fois par an, les Canadiens de cette race chargent sur leurs épaules un paquet de fourrures, et suivis de leurs femmes et de leurs enfants, se rendent aux établissements pour y vendre leurs marchandises et se procurer les articles de première nécessité. Pendant quelques se-

maines, on les voit camper près des villages, aux portes
des villes, fabriquant et colportant des paniers, et un
matin, la vente n'allant plus, ils retournent à leurs ca-
banes des grands lacs.

Ces Canado-Indiens ont avec eux deux ou trois chiens,
à l'aide desquels ils chassent le daim dans les forêts ou
le long des grands cours d'eau, en les poursuivant avec
leur canot dans l'été, ou sur la glace durant l'hiver.

C'est là, convenons-en, une manière de chasser que
méprise tout véritable chasseur, et qu'on appelle du bra-
connage, en Amérique aussi bien qu'en Europe; car pour
réussir l'homme n'a besoin ni d'adresse ni de sagacité,
deux qualités inhérentes à la vie d'un homme des forêts.

— Monsieur, me dit mon guide au moment ou nous
approchions de l'endroit où s'élevait jadis la hutte du
sang-mêlé, l'homme qui possédait ce coin de terre a disparu depuis bien des années; c'est à la suite d'une bas-
tonnade que je lui appliquai, qu'il prit la fuite de frayeur.

Le drôle était moins batailleur que moi, sans doute, et
voici le moyen que j'employai pour lui faire comprendre
mes sentiments à son égard.

Le vieux Peter Meigs (un homme dont je vous parlerai
plus tard) et moi, nous étions arrivés, un beau jour, vers
le bas du lac Saranac. Nous faisions une battue dans le
but de chasser les élans de leur retraite.

Nous prîmes quatre de ces animaux, le premier jour,
et c'est là, je crois, le plus beau fait de chasse qu'aucun
chasseur ait jamais accompli. A dire vrai, je n'ai jamais
entendu raconter rien de pareil.

Avec nos raquettes qui nous aidaient à marcher sur
la neige, nous nous dirigions du côté de notre demeure,
ét comme cet étang était placé sur notre route, nous le

traversâmes en descendant vers l'endroit où se trouve maintenant notre cabane, Monsieur, ajouta Tucker, car nous en avions aussi une au même endroit, et nous comptions y passer la nuit.

La température s'était radoucie et le dégel commençait, car il avait plu le jour précédent, mais le vent tourna vers le nord et la neige se congela de nouveau. La glace pouvait presque porter un homme.

Nous parvînmes enfin à notre hutte et nous commencions à allumer du feu, quand nous entendîmes les chiens de ce maudit sang-mêlé aboyer avec fureur à la poursuite de quelque animal invisible. La meute s'avançait directement du côté de la cabane, et je fus le premier à apercevoir de très-près un grand daim qui fuyait devant les chiens.

L'hiver avait été rude dans les bois, et la pauvre bête n'avait que les os et la peau. A chacun de ses bonds, le sang coulait des jambes du daim, tant la glace était tranchante.

Je fus ému de pitié à cet horrible spectacle.

Un instant après, les chiens étranglaient la pauvre bête sur les bords du lac. Je savais très-bien à qui appartenait la meute, et j'eus bonne envie de faire faire connaissance à ces brutes avec les balles de mon fusil, mais je réfléchis que ces chiens ne faisaient que suivre l'instinct de leur nature, et qu'il ne fallait pas les blâmer.

J'attendis donc.

Quand le daim fut mort, ils s'assirent à côté du cadavre et commencèrent à hurler, comme s'ils eussent appelé leur maître pour qu'il vînt terminer leur besogne.

Je compris que j'avais presque deviné, car, peu de temps après, je vis arriver le maudit sang-mêlé,

chaussé de ses raquettes, qui se mit en devoir de dépouiller le daim.

Cet homme était un être tout-à-fait méprisable, j'ose
le dire, trop paresseux pour porter un fusil; et d'ailleurs il
n'eût pas su de quelle manière s'en servir, en admettant
qu'il en eût possédé un. Il chassait donc les daims pour
avoir leurs peaux seulement, et il en tuait peut-être
une douzaine en une journée, en les poursuivant sur la
glace.

Tout ce qui entoure un homme de cette espèce est de
mauvais aloi; puisqu'il est sang-mêlé, sa femme l'est
aussi, et ses enfants, s'il en a, le sont également. Ses
chiens n'appartiennent à aucune race; ils sont hybrides,
et lui-même n'est qu'à demi civilisé, en sa qualité de fils
d'un Indien et d'un blanc.

Quand ce faux chasseur commença son opération, je
me précipitai vers lui, et le saisissant par le cou, je lui
administrai une correction sans pareille à l'aide de ma
ceinture de cuir.

Il hurlait plus fort que ses chiens n'aboyaient.

Je terminai la danse en lui appliquant au bas des reins
un coup de botte qui l'envoya sauter à une douzaine de
pas au milieu de la neige.

— Arrière, chien cuivré, lui dis-je, retourne vite à ta
hutte, et si tes chiens chassent encore cet hiver autour
du lac, je te promets de te faire prendre un bain complet
dans un trou que je ferai dans la glace; je te donne jusqu'au mois de juin prochain pour sortir des bois du Shataga; je suis venu dans ces parages pour y chasser, et
si je te retrouve ici malgré ma défense, tu es un homme
perdu.

Le drôle fut tellement effrayé de mes menaces, qu'il

devint aussi pâle qu'un cadavre, et qu'il prit chacune de mes paroles pour mot d'Evangile.

Je revins de ce côté la saison suivante, au mois de juillet; le Canadien était parti avec sa femme, ses enfants et ses chiens, pour esquiver le bâton, et dans la crainte que je ne le mangeasse à la croque-au-sel.

Le vieux Peter Meigs et moi, nous fîmes halte dans sa cabane, mais elle finit par tomber en ruines, et vous voyez, Monsieur, que les mauvaises herbes et les buissons ont recouvert, à cette heure, le terrain où croissaient jadis les pommes de terre du sang-mêlé.

J'ai souvent pensé, continua mon guide, que l'homme est par nature un animal cruel, sans cesse disposé à se battre avec ses compagnons, du moins paraissant prêt à le faire pour le plus faible motif. C'est probablement pour cette raison que j'ai toujours éprouvé un sentiment de colère devant un sang-mêlé ou un véritable Indien, toutes les fois que j'ai rencontré les uns ou les autres, mais plus spécialement devant le sang-mêlé; je crois même que j'aurais pu en étrangler un, s'il avait manifesté le moindre désir de défendre sa vie.

J'ai été élevé chrétiennement, ajouta mon guide, et j'ai toujours pensé que les combats, les querelles et surtout les meurtres des créatures humaines étaient autant d'actes odieux, aussi n'ai-je jamais songé à faire le moindre mal à personne. Ma colère avec ce maudit lâche est une exception; cependant je pensais qu'il était juste de frapper et de punir ces misérables, chaque fois que je les rencontrerais, et je l'eusse fait si l'on ne m'avait enseigné qu'il est mieux de ne pas agir de la sorte.

L'éducation met un grand frein aux passions de l'homme; c'est elle qui le rend supérieur à un sang-mêlé et même à un véritable Indien. C'est elle aussi qui l'empêche de souiller ses mains du meurtre de ceux qu'il n'aime pas.

Ainsi parlait mon guide, dont la conversation n'était pas sans charme.

Nous employâmes toute la journée à côtoyer le lac Rag, très-fréquenté par les daims, pendant la nuit et même pendant le jour, car dans un certain moment où je me trouvais à l'avant du canot, j'aperçus une harde de quatre têtes qui paissait sur les bords.

Tandis que nous contournions un cap boisé, qui s'avançait à quelque distance dans le lac, nous surprîmes un daim et deux faons, nageant dans une petite baie, dans laquelle nous pénétrions sans être annoncés. En quatre coups d'aviron nous parvenions à placer notre canot entre l'un des petits et le rivage.

La terreur de la mère l'emporta sur son amour pour ses enfants, car elle bondit vers la forêt et s'enfuit, laissant à ses deux faons le soin de se tirer d'affaire eux-mêmes comme ils le pourraient.

J'ai dit que nous avions coupé la retraite à l'un des faons, du côté de la rive. Après différents tours et détours nous parvînmes à nous emparer de cette gentille bête et à la placer dans notre canot.

L'animal fut d'abord horriblement effrayé, et il se mit à bramer et à se débattre avec désespoir en cherchant à nous échapper, mais au bout de quelques instants, voyant qu'on ne lui faisait aucun mal et s'apercevant qu'il lui était impossible de fuir, il parut se résigner à son sort ; sa terreur passa peu à peu et il se coucha tranquillement dans mes bras. Lorsque je l'eus flatté et caressé, il se plaça, sans être attaché, entre mes pieds, dans le fond du canot. Il ne fit, dès-lors, plus aucun effort pour s'échapper. Tout-à-coup, me regardant d'abord, et en jetant les yeux ensuite dans la direction du rivage, il brama plaintivement, comme s'il appelait sa mère, en la priant de nous suivre. Il se laissait caresser et paraissait se calmer chaque fois que, lissant son poil, je lui passais doucement la main sur la tête.

Je crois vraiment que s'il eût trouvé de quoi manger devant lui, il se fût apprivoisé dans l'espace d'une heure et m'eût suivi comme un chien. Mais je me dis qu'emmener cette gracieuse bête, c'eût été agir cruellement, car elle ne pouvait que languir et mourir de faim au milieu de nous.

Ce faon nous parut à Tucker et à moi devoir être âgé de trois ou quatre semaines : il était excessivement gras et très-fort.

Nous le déposâmes sain et sauf sur la rive, et dès que ses pieds touchèrent le sol natal, il s'élança vers la forêt. Parvenu sous ces abris séculaires il brama à plusieurs reprises et il nous sembla entendre une réponse éloignée, après laquelle tout redevint silencieux.

Notre intention était d'aller à la recherche des daims ; dans la nuit nous nous procurâmes donc des écorces sèches et des branches de bois résineuses. J'ai déjà raconté dans un chapitre précédent la manière de chasser le daim à la lumière, je ne reviendrai pas sur ce sujet. Nous trouvâmes ces animaux en très-grand nombre sur le bord du lac, mais notre seul plaisir fut de jouir de leur effroi.

Il nous restait encore une provision suffisante de venaison ; aussi, après avoir étudié pendant quelques heures les allures de ces jolis quadrupèdes, nous retournâmes à notre cabane pour y goûter le repos nécessaire à nos travaux du lendemain.

CHAPITRE V.

Les bords de l'Hudson. — La panthère et ses petits. — La cuisine au milieu des bois.

Nous étions debout avant le lever du soleil. La matinée était calme et d'une fraîcheur charmante ; un brouillard d'une transparence légère planait sur le lac et s'élevait lentement du côté de la colline. Un héron lissait ses plumes sur le rivage, élevant par intervalle sa voix stridente répercutée comme un coup de tamtam par les échos des montagnes.

Tucker et moi nous prîmes un bain, et après avoir déjeuné nous sautâmes dans notre esquif pour recommencer notre promenade autour du lac.

— Peter Meigs, me dit Tucker pendant que nous ramions lentement le long du rivage, fut très-adroit dans son temps. Il était déjà vieux, il y a plus de ving-cinq ans, mais c'était un véritable homme des forêts. Quinze jours avant de rendre son âme à Dieu, il abattit un dix-cors en lui logeant une balle dans la tête, à quarante mètres. Le pauvre diable était devenu aussi sec que son bâton, et il mourut sans l'assistance du médecin. J'aidai ses amis à l'enterrer sous un grand érable, sur les bords du Shataga, et le seul terrain que j'ai jamais acheté, sont les quatre mètres qui entourent son tombeau.

Je donnais pour cela une peau d'ours d'une valeur de

dix dollars, et j'ai recommandé à mes enfants de veiller à ce qu'on ne touchât pas au vieil arbre qui recouvre la place où le vieillard repose.

Sept ans se sont écoulés depuis le jour de ses funérailles, et quand arrive l'été, je comprends au vide qui règne dans mon cerveau, combien mon vieux camarade des bois manque à mon amitié.

Les forêts que je parcours, les collines que je gravis me paraissent solitaires à cette heure, et je regrette les histoires du vieux chasseur et sa connaissance parfaite des chemins. Il m'est imposible de chasser tout seul un élan quand vient l'hiver, et cependant, de quelque façon que je m'y prenne, je ne saurais m'adjoindre de nouveau camarade. Ah! comme feu mon ami connaissait bien tout ce qui concerne les animaux! Nul ne savait découvrir la piste d'un élan et l'apercevoir d'aussi loin que mon vieux camarade.

Ah! oui, Monsieur, continua mon guide, le vieux Peter Meigs et moi, nous étions si attachés l'un à l'autre, que bien qu'il fût assez âgé pour être mon grand-père, il désirait toujours m'avoir pour compagnon, quand il partait pour chasser dans les bois.

Je me souviens qu'une fois nous descendîmes ensemble vers l'Hudson, au-dessous des cataractes, à l'endroit où se trouve le bac à l'aide duquel on traverse la rivière.

Nous n'avions pas six cents entre nous deux, et le batelier ne voulait pas nous passer à moins d'un shelling.

Hélas! nous ne possédions rien que nos fusils, et ils étaient neufs, car c'était précisément pour les acheter que nous étions allés à Sarogota, et cette acquisition nous avait mis à court d'argent.

Nous nous étions en même temps pourvus de différentes provisions de voyage avant de repartir pour le Shataga.

— Joë, me dit alors le vieux Peter, remontons cette damnée rivière et frustrons ainsi le maudit Indien de son shelling. Le voulez-vous?

— C'est convenu, répondis-je.

Le batelier fit la grimace quand il nous vit nous éloigner.

Nous partîmes ainsi pour remonter jusqu'aux sources de l'Hudson; ce voyage dura cinq semaines à travers les montagnes Adirondacks, contrée sauvage qui vous est inconnue, Monsieur; mais si vous désirez voir des montagnes entassées, des vallées profondes, des lacs, des étangs, des torrents, des truites, des daims, des ours et un certain nombre de panthères et de chats sauvages, vous n'aurez qu'à faire ce que firent le vieux Peter Meigs et moi, c'est-à-dire de remonter le cours de l'Hudson et de le redescendre.

Je me souviens qu'un jour nous arrivâmes au pied d'une montagne, à la cime dénudée et altière se portant dans les nuages et défiant les tempêtes qui ravageaient ses flancs rugueux.

Le vieux Peter me proposa d'en faire le tour d'un côté, pendant que je m'en irais de l'autre, de façon à nous rencontrer vers la partie opposée.

Ce n'était pas aussi facile que s'il se fût agi de faire le tour d'une meule de foin, vous pouvez le croire, Monsieur. Il fallut parcourir cinq bons milles, avec mainte chance de se casser le cou par-dessus le marché, au milieu de roches mouvantes qui avaient roulé de chaque côté de la montagne. Cela ne m'empêcha pas d'accepter la proposition, et nous nous séparâmes, Peter et moi.

Je marchais depuis une heure autour de la base de la colline, quand j'arrivai sur le bord d'un ravin placé en travers de ma route ; c'était une profonde tranchée, creusée par un torrent, à l'époque de la crue des eaux. De chaque côté, à l'endroit où je me trouvais, s'élevaient deux roches perpendiculaires de vingt à soixante pieds de hauteur.

Cet obstacle me fit changer de direction et il me fallut avancer, tantôt en montant, tantôt en descendant, de façon à pouvoir franchir le passage difficile.

Au moment où je m'appuyais sur un grand pin, j'entendis tout-à-coup un grognement sourd, accompagné d'une sorte de bruit tout particulier. Je jetai les yeux autour de moi et je vis, du côté opposé au ravin, deux panthères occupées à dévorer la carcasse d'un daim dont elles s'étaient emparées.

Les deux bêtes carnassières prenaient leur repas à vingt mètres de l'endroit où je me tenais.

Les panthères sont douées des instincts du chat, et leur façon de se repaître est la même. Elles avaient arraché chacune un membre de l'animal et tenaient ce débris sous leur ventre, en le dévorant et en grognant, non pas par un sentiment de colère, comme j'aurais pu le supposer, mais avec celui de la satisfaction qu'elles trouvaient à faire un agréable déjeuner.

J'épaulai immédiatement mon fusil, en cachant mon corps derrière le vieux pin ; puis, ajustant attentivement l'un des deux animaux à la tête, je lâchai la détente.

Le coup porta juste cette fois, car la balle brisa le crâne de la panthère.

Elle tomba, s'abandonnant à un mouvement convulsif

d'un côté et de l'autre, jusqu'au moment où, ne trouvant plus de point d'appui, elle roula du haut des rochers à cinquante pieds au-dessous, au fond du lit du torrent.

A peine avais-je fait feu que je m'accroupis derrière l'arbre, pour charger mon arme de nouveau. Je ne mis pas une heure à cette opération, comme vous le devinez bien, Monsieur, et pourtant je ne me pressai nullement, afin d'être sûr de ce que je faisais.

Je relevai enfin mon fusil dans la direction de l'endroit où se tenait encore l'autre bête, se promenant de long en large, regardant autour d'elle et semblant fort mal à son aise.

La panthère survivante ne paraissait pas comprendre ce qui venait d'arriver. Elle ne m'avait pas aperçu et on eût dit qu'elle éprouvait une certaine surprise de la conduite de sa compagne.

Je la voyais flairer la terre et ramper avec précaution sur le bord du précipice, regardant au fond, comme se demandant la cause qui avait poussé sa compagne à se jeter dans ce trou profond.

Une pareille manière d'agir ne lui plaisait évidemment pas, car j'apercevais le poil de son dos hérissé, comme celui d'un chien en fureur. Je ne fus pas fâché que l'animal ne me vît pas et qu'il y eût un large précipice entre nous deux.

Après s'être promenée longtemps en se fouettant les flancs de sa queue, la panthère s'assit sur son train de derrière et regarda vers l'endroit où je me trouvais, en me présentant la poitrine.

Je l'ajustai aussitôt avec lenteur, afin d'être plus sûr de mon coup, tout en restant caché par l'arbre, et je tirai.

J'aurais voulu que vous fussiez avec moi, Monsieur, pour voir le bond que fit la panthère. Elle se trouvait à vingt pieds en-deçà du précipice quand j'avais fait feu, et je veux bien être pendu si elle ne franchit pas cet espace en s'en allant rouler le ventre en l'air au fond du gouffre; je l'entendis tomber sur les cailloux, aussi distinctement que j'entends le ressort de mon fusil.

La carabine du vieux Peter Meigs répondit au même moment à mes deux coups de feu; je tirai alors un coup à poudre en guise de signal, et j'attendis que le vieillard arrivât près de moi.

Un moment après, j'entendais son rappel de chasse au-dessous de l'endroit où je me trouvais, et j'allais à sa rencontre.

Il hésita d'abord à ajouter foi à mon récit, mais quand nous parvînmes, lui et moi, au fond du ravin et qu'il aperçut les deux panthères mortes et ayant par-dessus le marché les os brisés, grâce à leur chute au bas des rochers, il lui fallut bien se rendre à l'évidence.

L'un de ces animaux était une femelle qui, d'après les apparences, devait être mère. Le vieux Peter Meigs déclara formellement qu'elle avait des petits.

Nous remontâmes alors à l'endroit où je les avais trouvées occupées à dévorer le daim, et mon camarade, après avoir examiné les traces, se dirigea, en me faisant signe, vers la tête du précipice.

Nous cherchâmes ensemble tout le reste de la journée sans rien trouver. Nous étions cependant convaincus de n'être pas éloignés du repaire de la panthère, car nous avions trouvé, éparpillés aux alentours, des os de daim et d'autres animaux dévorés par elle et sa progéniture.

Nous campâmes sur la montagne, cette nuit-là. Au

point du jour, le vieux Peter se redressant à moitié sur son lit de feuilles sèches, prêta l'oreille un instant et s'écria :

— Nous les tenons, écoutez.

J'écoutai, et j'entendis alors distinctement une espèce de cri plaintif et lamentable, semblable à celui d'un chaton qui a perdu sa mère.

Nous nous dirigeâmes aussitôt, Peter et moi, du côte d'où le bruit paraissait venir, et à la tête du précipice, sous le rebord du rocher, nous trouvâmes trois jeunes panthères, couchées sur un lit d'herbe très-bien façonné. Les trois petites bêtes, aussi fortes que des chats, étaient grasses, dodues et très-affamées.

Peter prit l'une d'elles par les pattes et lui asséna un coup sur la tête, puis il saisit la seconde en vie, tandis que je m'emparais de la troisième. Cela fait, nous continuâmes notre route.

Nous avions donné de la viande fraîche à nos nouveaux nourrissons, que nous désirions garder en bon état. En effet, nous les vendîmes au maître d'une ménagerie pour la somme de vingt-cinq dollars pièce.

C'étaient des petits animaux inoffensifs et aimant à jouer. Mon ami et moi, nous pensions avec regret que ces créatures si jolies deviendraient féroces en grandissant.

Le vieux Peter et moi nous avions gagné cinquante dollars chacun dans cette excursion autour de l'Hudson, sans compter que tous les deux nous avions éprouvé beaucoup d'agrément.

Ici finit le récit de mon guide, qui se plaisait à narrer ses exploits de chasse.

Vers le côté ouest du lac, un peu plus bas que l'endroit

où se trouvait notre hutte, l'eau était peu profonde et les lis d'étang y croissaient à profusion, couvrant la surface de leurs larges feuilles arrondies, au milieu desquelles étincelaient comme des œufs d'ivoire des milliers de belles fleurs. Ces lis fournissaient aux daims une abondante nourriture, et l'on retrouvait sur la rive plusieurs sentiers aboutissant dans la forêt et aussi foulés que ceux qui mènent à un parc à moutons.

La nuit étant proche, nous nous assîmes en silence derrière un épais massif d'arbustes, sur un promontoire peu élevé, avec l'intention d'épier les daims, lorsqu'ils viendraient à l'eau à leur heure accoutumée.

Nous avions eu le soin de choisir, pour nous cacher, un endroit placé à bon vent, c'est-à-dire en avant de la direction dans laquelle nous supposions que les animaux se disposeraient à entrer dans le lac. C'était là un point essentiel, car si nous n'eussions pas pris ces dispositions, les daims se fussent tenus au-delà de la portée de nos fusils.

Nous veillions tranquillement depuis à peu près une demi-heure, lorsqu'un vieux daim sortit prudemment de la forêt et s'avança vers le bord du lac. Il s'arrêta, regarda autour de lui, et quand il ne vit nulle apparence de danger, il entra dans l'eau à deux ou trois mètres et commença à brouter les tiges des lis d'étang. Il était presque à portée de ma carabine, mais nous le laissâmes en repos.

A ce moment-là une daine sortit de la forêt en prenant les mêmes précautions que le mâle, et commença, elle aussi, à se régaler de la riche pâture que lui offraient les herbages du lac.

4

Nous demeurâmes cois, jusqu'à ce qu'il y eût quatre daims ensemble et à portée de nos carabines.

Tout d'un coup, à un signal convenu, j'en ajustai un, qui, de l'endroit où j'étais, me semblait être gras et dodu, je fis feu et il tomba. Peter en faisait autant de son côté, mais son fusil faisait long feu. La détonation de mon arme et la fumée effrayèrent les deux autres, qui, faisant entendre une sorte de reniflement, s'élancèrent hors de l'eau et se sauvèrent hors d'haleine vers les montagnes.

Quant au vieux daim, il ne paraissait pas comprendre ce qui se passait autour de lui ; il était à coup sûr grandement alarmé, et nous l'entendions laisser échapper de minute en minute une espèce de sifflement aigu tout en frappant la terre de ses pattes, comme s'il eût bondi de haut en bas, à quarante ou cinquante mètres en pleine forêt. Le feuillage épais qui se trouvait entre l'animal et nous le cachait à notre vue en même temps qu'il nous dérobait à la sienne.

A la fin, cependant, il s'élança vivement en avant et le calme se rétablit de nouveau.

La bête que nous avions tuée était grasse et pouvait avoir deux ans environ. Le filet, habilement détaché, servit à notre souper : nous l'avions fait rôtir devant un bon feu et nous lui trouvâmes une saveur que rien n'aurait pu égaler.

L'art de rôtir un filet de venaison n'est pas à dédaigner dans les bois ; il est bon d'apprendre à faire ce rôti pour bien le réussir.

On prend deux fourches de bois que l'on dresse devant le feu à une distance convenable l'une de l'autre, on étend une longue branche à la hauteur d'environ six pieds, c'est à cette traverse qu'on suspend la venaison par une ficelle, assez près du feu pour qu'elle puisse rôtir en tournant constamment, de façon à recevoir de tous les côtés une égale portion de chaleur.

Nous nous servions comme lèchefrite d'un grand bol, dans lequel nous puisions à chaque instant, pour en arroser notre rôti, le jus délicieux qu'il laissait tomber en cuisant.

Lorsque notre dîner fut à point, des écorces de bouleau fraîchement arrachées aux arbres nous servirent de plats et d'assiettes, et je puis vous assurer, ami lecteur, que notre venaison nous parut meilleure que si elle eût été préparée de la façon la plus artistique et gâtée par une profusion de condiments français ou anglais.

CHAPITRE VI.

L'enfant perdu et la sagacité d'un chien.

— N'est-il pas étonnant, Monsieur, que toutes les créatures placées sur la terre à côté de l'homme le redoutent, me dit Tucker, après souper, en secouant les cendres de sa pipe dont il frappait le fourneau contre l'ongle de son pouce.

Depuis la féroce panthère jusqu'au lièvre timide, depuis l'aigle qui regarde le soleil d'un œil assuré quand il s'élève à perte de vue dans les cieux, jusqu'au moineau qui chante dans les haies, tous prennent la fuite en apercevant l'homme, même quand ils n'ont jamais vu aucun être de son espèce. A dire vrai, quelques animaux, dès qu'ils connaissent mieux le roi de la création,

apprennent à le moins redouter et vivent dans son voisinage presque sans terreur; mais ceux-ci sont ses esclaves et lui obéissent avec une crainte patiente et servile.

Ainsi parlait mon guide, et je le laissais dire, car
j'aimais à savoir quelle était sa science naturelle.

— Parmi les bêtes asservies, continua-t-il, le chien seul
semble vivre amicalement avec l'homme.

Pourriez-vous me dire, Monsieur, pourquoi toutes les
créatures animées, sauf le chien, paraissent regarder
l'homme comme leur ennemi naturel?

La petite truite qui se chauffe au soleil sous le miroir
liquide que ride la brise du matin, fuit en sa présence et
se cache entre les roseaux.

— La cause de cette crainte, répondis-je, c'est que
l'homme fait toujours la guerre aux différents êtres de
la terre, et qu'il les tue pour son plaisir ou les empri-
sonne pour son profit.

— Je crois que l'amour d'une liberté sans contrainte
est un sentiment naturel à toutes les créatures vivantes,
aussi fort que l'instinct même de la conservation.

L'élan flaire un homme de loin; il se cache dans les
plus profondes solitudes des bois, ou dans les ombres les
plus épaisses des marais. La panthère fait exception à
cette règle : quand la faim lui donne de l'audace, elle se
couche, silencieuse et immobile, attendant l'instant propice pour sauter sur son ennemi. Quant à l'oiseau, il prend
son vol et fuit le plus loin possible.

Parmi les animaux domestiques ou sauvages, le chien
est donc le seul qui semble regarder l'homme comme un
ami et un protecteur; seul il reste volontairement auprès de lui comme un serviteur confiant et fidèle, veil-

lant à la sûreté du logis et comptant sur son maître pour le protéger.

Oui, le chien est un animal qui peut donner à l'homme d'utiles leçons. Il ne trahit jamais celui qui lui donne sa nourriture, et ne cesse pas de l'aimer alors même que tous ses autres amis le fuient et l'abandonnent. A-t-il froid ou bien faim, est-il malade ou malheureux, le chien ne le quitte pas davantage, et en échange il ne demande que sa nourriture, sans en faire même une des conditions de sa servitude et de son amitié.

J'aime mon chien, ajouta Tucker en passant son bras robuste autour du cou hérissé de son ami, et en l'attirant sur son sein; et il me fut facile de comprendre, à la lueur qui s'échappa des yeux de l'animal, pendant qu'il léchait la figure de son maître, que l'affection était réciproque.

Il n'est peut-être pas hors de saison que je présente au lecteur l'animal fidèle qui tenait une si haute place dans l'esprit de mon guide. J'ai peut-être eu tort de ne pas l'avoir fait plus tôt.

La bonne bête s'élançait entre nous deux au milieu des bois, heureuse au possible, me semblait-il, d'avoir le privilége de nous suivre.

C'était un grand et puissant animal, quoiqu'il n'eût ni race, ni beauté particulière, au poil rude et légèrement gris; le sang du terrier, du chien courant, du terre-neuve et du roquet se mêlaient évidemment dans ses veines; mieux encore, le mâtin et le courageux boule-dogue pouvaient bien compter parmi ses ancêtres. Il portait sur ses épaules une grosse tête des deux côtés de laquelle brillaient deux yeux les plus vifs et les plus intelligents que j'aie jamais vus; il avait été, soit par accident, soit à dessein, privé de sa queue, dont il ne lui restait plus qu'un tronçon qui pouvait à peine avoir six pouces de long.

— On lui a également coupé les oreilles quand il était petit, me dit mon guide, et cela pour lui donner une mine plus éveillée.

En effet, le regard du chien de Tucker donnait une juste idée de sa haute intelligence.

Quand nous le lui ordonnions, il nous suivait lorsque nous marchions, et demeurait sur les talons de son maître ; puis il restait tranquillement assis à l'avant de notre barque ou sur le radeau, quand nous naviguions sur les lacs ou sur les courants d'eau.

Ne voulions-nous pas de sa société, nous le laissions à la cabane, en le plaçant comme une sentinelle sur quelque vêtement que nous laissions à sa garde. Nous étions sûr de le retrouver à notre retour à l'endroit où nous l'avions quitté. Il accourait alors au-devant de nous, heureux de nous revoir et nous disant, aussi clairement qu'un animal peut le dire, qu'il avait rempli fidèlement son mandat pendant notre absence.

— Ce chien, ajouta encore mon guide, a quelque chose de particulier, je m'imagine qu'il pense et raisonne comme nous. La bonne bête est douée d'une grande mémoire, et je crois souvent qu'elle interprète les choses comme un être doué de raison.

Il y aura dix ans cet été que ma petite fille se rendit un jour sur la lisière des bois pour y cueillir des mûres.

Vous savez, Monsieur, que notre défrichement est en grande partie entouré de bois, et que particulièrement de deux côtés la forêt s'étend à plus de cinquante milles ; l'heure habituelle de son retour était passée depuis longtemps ; sa mère et moi, remplis d'inquiétude, nous cou-

rûmes sur la lisière du bois en appelant longtemps,
mais nos cris furent inutiles ; aucune réponse ne parvint
à nos oreilles. Nous comprîmes alors qu'elle était perdue, et vous ne connaissez pas, Monsieur, la tristesse
des pensées qui s'emparent du cœur des parents, quand
ils savent que leur enfant est égaré et seul, errant au
milieu des forêts où il souffre et peut mourir de faim,
s'il n'est mis en pièces et dévoré par les animaux carnassiers. Mon garçon était allé au moulin, et Schalk
l'avait suivi.

Quand le soleil se coucha derrière les montagnes nous
n'avions pas encore de nouvelles de notre petite.

Le cœur de ma femme se brisait en songeant à sa
pauvre fille, et bien qu'elle fût très-robuste, l'angoisse
la torturait d'une façon terrible.

Je la reconduisis à la maison et je la laissai à la garde
de mon fils, qui venait de rentrer à l'instant. Je jetai
mon fusil sur mon épaule, et me faisant accompagner
par Schalk, je sortis pour continuer mes recherches en
appelant et en criant de toutes mes forces, sans que personne répondît à ma voix.

A ce moment, Schalk parut comprendre quelque
chose au trouble où il me voyait, et bien qu'il n'eût jamais, avant ce jour-là, quitté mes talons ni désobéi à
mes ordres, il devint aussitôt terriblement inquiet, et
je le vis s'éloigner à chaque minute, ne retournant près
de moi qu'avec la plus grande répugnance. Il ne m'était
pas encore venu à la pensée que Schalk pouvait mieux
que personne retrouver l'enfant perdu ; j'étais si troublé
que j'oubliais en ce moment l'instinct et la sagacité du
chien.

Enfin, lorsque je prononçai le nom de ma fille, on eût

dit qu'une lueur éclairait tout-à-coup son intelligence;
il s'élança au loin et refusa absolument de revenir en
arrière. Ses façons étaient tout-à-fait étranges, et j'étais
presque effrayé de sa conduite.

Il courait de toute sa force avec une vitesse vertigi-
neuse dans un cercle de plus en plus large, la tête bais-
sée, comme s'il eût été sur une piste; si bien qu'en peu
d'instants je l'eus entièrement perdu de vue et que je
ne l'entendis même plus.

Je me trouvais seul maintenant dans la forêt, comme
l'était ma pauvre petite fille.

La nuit sombre était venue, mais je tâchais de continuer ma route en trébuchant à chaque pas dans les ténèbres et en criant à chaque pas le nom de ma fille.

Les échos répondaient seuls à ma voix, et le son mou-
rait dans les ténèbres silencieuses, ou bien le cri de
quelque oiseau de nuit se faisait entendre.

Je m'assis alors pour me reposer et je résolus, dans
mon désespoir, d'attendre le point du jour pour continuer
mes recherches.

C'était une triste position, Monsieur, que d'être au
milieu de cette muette obscurité et de savoir que ma
petite fille aussi se trouvait seule dans ces forêts sombres, frissonnant de terreur, appelant son père à son
secours et croyant voir, dans son épouvante, les grands
yeux ronds des bêtes sauvages se fixer sur elle à chaque instant. Peut-être la chère enfant se figurait-elle
entendre leurs grognements dans chaque bruit de la
forêt.

Quant à moi, qui écoutais les frouements des hiboux
et les cris sauvages des chats-huants, je pensais à la

crainte que devait éprouver le pauvre petit cœur de mon enfant.

Le craquement sinistre causé par le frottement de quelques grands arbres contre d'autres frappait mes oreilles, et bien que ce bruit me fût familier, combien ne devait-il pas être rempli d'horreur pour ses oreilles! C'était une timide et frêle enfant, et je pensais que tous ces bruits, joints aux ténèbres de la nuit, pourraient bien la tuer.

J'étais là seul depuis une heure, peut-être, quand j'entendis sur la route par laquelle j'étais venu un craquement de broussailles; puis, au bout d'un instant, Schalk bondit jusqu'à moi.

Il était haletant et avait la langue pendante, comme cela lui arrivait au retour d'une longue chasse; mais il respirait la joie en bondissant et en sautant autour de moi, en se plaignant et en aboyant, comme je ne l'avais jamais vu faire auparavant.

L'animal paraissait hors de lui-même et tout-à-fait heureux, pendant que mon cœur était horriblement attristé.

Schalk sautait sur moi, puis il courait en avant, s'arrêtait et se retournait comme s'il voulait me prier de le suivre.

Le gronder eût été inutile, car il n'eût fait aucune attention à mes menaces.

Tout-à-coup, une pensée me vint à l'esprit :

« Il a retrouvé ma fille, m'écriai-je, et il désire me conduire vers elle. »

Je m'empressai, comme vous le comprenez, Monsieur, de répondre aux instances du bon animal, et lorsque j'eus pris la direction qu'il m'indiquait, je le vis redevenir aussitôt calme et doux. Il marcha devant moi, comme s'il eût été convaincu d'avoir été compris.

Nous avions parcouru de la sorte, Schalk et moi, une distance qui m'avait paru assez longue, lorsque ce bon animal, comme saisi d'une idée subite, s'arrêta tout-à-coup. Il écouta un instant et s'élança ensuite avec la vitesse d'un cheval à la course.

Le rappeler eût été inutile.

Il disparut à ma vue en un moment, et au bout de quelques minutes je cessai d'entendre le bruit de ses bonds à travers le bois.

Je suivis la direction qu'il avait prise, autant toutefois que l'obscurité me le permit.

Il y avait à peu près un quart d'heure qu'il était parti, lorsque je l'entendis accourir rapidement à ma rencontre. Il semblait aussi joyeux qu'auparavant, et après avoir sauté et aboyé quelques instants autour de moi, il reprit les devants et je continuai ma route.

Après avoir marché quelques instants, j'appelai ma fille par son nom...

Oh! ce fut une douce et agréable réponse pour mon cœur, que ces mots qui parvinrent faiblement à mes oreilles :

« Père, je suis ici. »

Schalk bondit de nouveau, et vous devez penser, Monsieur, avec quel empressement je le suivis.

Quelques minutes après, ma petite fille se trouvait dans mes bras, préservée de tout mal, mais toute tremblante au souvenir terrible de cette nuit passée dans les ténèbres silencieuses au milieu du bois.

La pauvre enfant, tout en cherchant des mûres, avait perdu de vue notre petite maison, et quand elle avait voulu revenir au logis, elle s'était trouvée égarée sous les arbres de la forêt; jusqu'à la nuit, mon enfant s'était promenée, et alors, en proie à une mortelle terreur, elle s'était assise dans l'obscurité pour pleurer en songeant aussi, disait-elle, à mourir.

Malgré sa frayeur, le sommeil finit par appesantir ses paupières, et ses yeux se fermèrent; et quand elle fut réveillée, ce fut par l'attouchement d'un corps chaud qui léchait ses pieds nus et sa figure.

Ma chère fillette avait alors tressailli et poussé un cri d'épouvante, s'imaginant que c'était une panthère ou un ours, mais Schalk, au comble de la joie, s'était mis à aboyer, à pleurer et à sauter autour d'elle.

En reconnaissant ce chien fidèle, ma fille comprit qu'elle était sauvée.

Après être resté quelques minutes en sa compagnie, Schalk l'avait quittée, et elle s'était retrouvée seule, plus effrayée que jamais, sans oser appeler, de crainte que les ours et les panthères ne l'entendissent et ne vinssent la mettre en pièces.

Elle était là depuis longtemps, quand un être invisible, eu égard à l'obscurité, s'agita parmi les arbustes à quelques pas; elle poussa aussitôt un cri de terreur.

Il fallait que Schalk eût entendu ma fille pendant qu'il me guidait vers elle, c'est à ce moment-là qu'il m'avait quitté, bien que le bruit ne fût pas parvenu jusqu'à mon oreille.

Quelques minutes après, il accourut à ses côtés, heureux de retrouver mon enfant saine et sauve, mais il la laissa bientôt, et quand ma chère fillette entendit ma voix, elle comprit alors que le bon chien guidait mes pas à son secours.

Il nous fallut franchir une lieue dans les bois, et la route ne me parut pas longue, car cette petite fille que j'aimais si tendrement, cette enfant perdue, puis retrouvée, que je ramenais au logis pour la remettre aux bras de sa mère, était la lumière de mon cœur et notre affection la plus vraie. Vous comprenez bien, Monsieur, dit mon guide en achevant son récit, que nous avons chéri le bon Schalk plus que jamais après cette nuit mémorable.

On éprouve par une belle nuit qu'illuminent les rayons de la lune, au milieu des forêts profondes du Nouveau Monde, un charme inexprimable que nous, Européens, habitués au fracas des villes, pouvons à peine imaginer.

Notre cabane était placée sur la rive, à quelques mètres du lac, ombragée par un berceau naturel de plantes vertes. Au-dessus de nous, les arbres déployant leurs longs bras, formaient une voûte à travers les éclaircies de laquelle scintillaient les étoiles ; tandis que, devant nous, la vue s'étendait au loin, sur les eaux brillantes, éclairées par les reflets argentés de la lune, une brise légère faisait onduler les vagues qu'elle soulevait à peine. A chaque instant un bruit sec nous apprenait qu'une truite s'élançait hors de l'eau et retombait. Un moment après, c'était un daim qui s'avançait vers la rive pour y trouver sa nourriture ; les grenouilles coassaient ou s'élançaient dans le lac pour s'y cacher sous les plantes et les mauvaises herbes.

De l'autre côté de la nappe d'eau, on aperçoit la cime dénudée d'une montagne conique qui semble s'élancer dans le ciel et se perdre dans l'azur. Le vent de la nuit soupirait et murmurait parmi les vieux arbres groupés autour de la base de ce rocher.

La nuit était trop belle pour dormir, et pourtant nous ne tardâmes pas à nous coucher sur notre lit de feuilles. Un moment après, le sommeil appesantissait nos paupières et nous emportait vers le pays des songes.

CHAPITRE VII.

Rêveries. — Les prairies en feu. — La torche du Démon des bois.

Pourquoi, dans le silence et le calme de la nuit, quand le corps insensible s'est abandonné au sommeil, d'étranges visions passent-elles devant nous pour nous transporter au milieu de scènes qui ne sont pas du monde vivant ?

Ces fantasmagories luttent contre la loi naturelle ; on dirait qu'elles existent à l'égal des choses de la vie réelle.

Un monde nouveau s'ouvre devant nous, mais un monde gouverné par des lois différentes ; nous sommes incarnés alors dans une nature entièrement opposée à notre nature véritable, et nous nous sentons doués d'attributs qui n'appartiennent pas à l'humanité.

L'homme prend son essor et s'envole dans les airs, comme le font les oiseaux ; il s'élance sans rien appréhender au sein des eaux profondes, tombe sans se faire aucun mal au fond des précipices ; il converse avec les animaux et demeure en communication avec ceux qui dorment depuis longtemps du sommeil de la tombe.

Et cependant ces choses ne nous paraissent pas être,

à ce moment, une interruption aux lois de la nature pas
plus qu'elles ne nous semblent étranges ou mystérieuses.
Nous les révoquons en doute au réveil, car nous éprou-
vons une sorte de contrariété de ne pas nous être aperçus
de leur impossibilité, même pendant le sommeil.

Comment expliquer ces mystères?

L'esprit quitte-t-il pour un instant sa prison et s'é-
gare-t-il véritablement dans un monde réel et nouveau?
Les faits raisonnables que nous entrevoyons en rêve
existent-ils comme ceux qui nous frappent aux heures
de la veille?

Y a-t-il donc plusieurs mondes, un monde extérieur
et un monde intérieur, entre lesquels vacillent l'esprit
et le corps?

Quand ce dernier s'affaisse sous le poids du sommeil,
l'âme visite-t-elle réellement d'autres mondes, prenant
part à leurs scènes, se mêlant à d'autres êtres et conver-
sant avec d'autres intelligences?

Qui pourrait répondre à cette question.

Pendant que je dormais, la nuit dont il s'agit, dans la
cabane du bord du lac, d'étranges visions passèrent devant moi.

Je crus me trouver dans un monde nouveau, et cependant tout ce que j'y voyais m'était familier, rien ne
m'y paraissait étrange. Je me voyais au milieu d'êtres
qui semblaient me connaître; ce n'étaient pourtant pas
des hommes et des femmes, mais plutôt des esprits
d'hommes et de femmes, non point semblables à ceux
qui sont morts et dont le corps est en poussière dans le
tombeau, mais ayant la forme sans être enfermés dans
la substance. Ces ombres remuaient et parlaient, on les
eût dites formées à la ressemblance d'hommes et de fem-

mes, et pourtant la lumière paraissait à travers leur forme transparente.

Je paraissais posséder tous les attributs de l'humanité, sauf un corps réel et palpable : j'avais des mains, des membres, un corps qu'on pouvait voir et non saisir. La faim, le froid, la chaleur et la douleur me semblaient inconnus, l'espace et le temps n'étaient rien. Je passais d'un endroit à un autre, sans effort et avec la rapidité de la pensée. Je rêvais... à des pays éloignés, ma mémoire évoquait le souvenir des torrents, des lacs, des prairies, des grands arbres, des cottages et des jardins fleuris décrits par les plus poétiques romanciers, tout ce roman me paraissait être une réalité. Je songeais au paysage devant lequel s'était écoulée mon enfance, situé par-delà les mers, sur le continent européen, et je m'y trouvais tout-à-coup transporté.

Je songeai à Paris, à la grande cathédrale de Notre-Dame, et aussitôt je me trouvai en face de ce temple gigantesque.

Je revoyais les Tuileries, l'arc-de-triomphe de l'Etoile, le fort de Vincennes, nos musées, tous nos monuments chefs-d'œuvre d'architecture.

Je songeais à quelque grande bataille, et au même instant je me trouvais transporté au milieu du combat, mêlé à des légions d'hommes se précipitant contre d'autres légions. J'entendais le grondement du canon et le bruit de la fusillade. Je voyais la fumée de la poudre obscurcissant le feu des bataillons ; les épées fulguraient pendant que les escadrons de cavalerie fauchaient l'ennemi en fuite.

J'entendais les gémissements des blessés et les cris perçants des mourants. Je passais sain et sauf à travers l'armée des combattants, planant comme un oiseau au-dessus du carnage.

En quelque lieu que je désirasse être, je m'y trouvais aussitôt.

Comment ce phénomène s'accomplissait-il?

Je ne saurais le dire, je me souviens du fait seulement.

Mon corps était impalpable, les éléments n'avaient aucune prise sur lui.

Le feu ne le brûlait pas, l'eau ne le submergeait point. Je pouvais me promener dans les plaines de l'Océan à la profondeur de mille brasses. Il m'était loisible de plonger dans le cratère d'un volcan en ébullition. Je me sentais invulnérable, et je tombais sain et sauf au fond des précipices, comme si le sol eût été un lit de plumes.

Telles étaient mes sensations en face de ces ombres visibles à mes yeux, ayant forme et beauté, mais déli-vrées de la prison d'un corps mortel.

Je ne me souvenais pas d'avoir jamais entendu parler d'un corps semblable, excepté dans les théories extrava-gantes de quelque visionnaire; car une pareille création eût paru douteuse même à ceux qui auraient cru à sa réalité.

Un changement subit s'opéra tout-à-coup dans mon rêve.

Je me trouvais au milieu des grandes prairies de l'Ouest, telles qu'elles étaient au moment où elles sorti-rent de la main du Créateur. L'œil de l'homme civilisé ne s'était jamais abaissé sur le sol vierge; aucun pied humain ne s'était posé sur l'herbe verte qui les recou-vrait.

Autour de moi, ressemblant à des prairies fauchées, s'étendaient de vastes plaines sans arbres et sans arbus-

tes. Au loin, sur la gauche, une ombre d'un bleu indécis
surgissait à l'horizon, formée par le faîte d'une forêt,
tandis que, vers la droite, à l'extrême limite du rayon
visuel, s'élevaient les cimes altières des montagnes
Rocheuses, placées là comme les sentinelles de la Divi-
nité pour veiller sur le territoire qui s'étendait au-dessous d'elles.

Les grandes herbes ondulaient sous l'haleine des vents
d'été, et l'on eût dit de vastes champs de blé; des fleurs
aux nuances multiples embaumaient l'atmosphère et
charmaient à la fois les yeux par leur éclat, tandis
qu'elles enivraient les sens par la suavité de leurs parfums.

Dans toute cette grande plaine, rien de vivant ne
s'offrit à ma vue. Autour de moi tout était en silence!
La végétation seule semblait régner en maîtresse dans
ces parages où tout poussait et fleurissait avec la plus
riche profusion. C'était comme un vaste jardin planté,
cultivé par la nature, sans le secours de l'homme, mais
aussi sans les améliorations qu'y eussent apportées le
génie et l'industrie de l'être civilisé.

Tout-à-coup, un vent empesté sembla passer sur cette
immense plaine, les fleurs se flétrirent, les grandes
herbes se ridèrent et moururent, les feuilles recouvri-
rent le sol en tombant sur les mauvaises herbes, et furent
chassées au loin par le vent brûlant, qui faisait rage sur
cet océan de terre.

Cette belle végétation fanée en quelques minutes
n'était plus qu'une masse grise et sans sève abattue sur
le terrain où elle avait prospéré; les ruisseaux qui se
glissaient en murmurant sur leurs lits de sable, décrivant mille sinuosités paresseuses, avaient été taris, et

leur lit restait à sec; on eût dit la trace d'énormes serpents. Le vent de la sécheresse avait soufflé sur tout ce
qui m'entourait.

Tandis que je restais ainsi perdu dans la contempla-
tion de l'immensité qui m'environnait, un bruit triste
et sourd, semblable à celui que ferait le roulement de
mille voitures sur les gros pavés d'une ville éloignée,
vint frapper mon oreille.

Je me tournai du côté d'où ce bruit paraissait venir,
et j'aperçus, dans le lointain, d'immenses troupeaux de
daims et d'antilopes, accourant avec une précipitation
sauvage vers l'endroit où je me trouvais.

Derrière eux venait une armée d'élans, dont les bois
majestueux, qu'ils agitaient sous les rayons du soleil,
ressemblaient à une forêt de petits arbres morts et sans
écorces.

Ces animaux étaient suivis par des troupeaux incom-
mensurables de bisons, dont les sabots faisaient trem-
bler la terre par une course précipitée.

A une distance de plusieurs milles, ces ruminants
couvraient la plaine dans tous les sens, courant, bêlant
et mugissant; on eût dit qu'ils se croyaient menacés et
poursuivis par quelque terrible danger.

Je vis arriver ensuite de grands troupeaux de loups,
les mâchoires ouvertes, la langue pendante, aboyant et
hurlant, en nombre immense, comme des chiens fatigués
revenant de la chasse.

Aucun de ces loups ne cherchait de proie, une mortelle terreur les dominait tous, et ils fuyaient pour sauver leur vie, à ce que je compris, vers la forêt que l'on
apercevait dans l'éloignement.

Cette masse compacte d'animaux vivants passa rapidement près de moi, et le bruit infernal de toutes ces voix innombrables s'éteignit dans le lointain, comme le fracas d'une tempête qui s'apaise peu à peu.

Je compris alors la cause de leur horrible frayeur.

Vers l'horizon on pouvait apercevoir un nuage obscur formé par une épaisse fumée dont les sombres spirales enveloppaient la terre et le ciel. C'était l'incendie, ce terrible fléau qui embrasait la plaine entière, anéantissant tout sur son passage à mesure que ses baisers dévorants trouvaient un nouvel aliment, et s'élançant au loin, chassé par la force du vent. Le feu s'avançait, il pétillait et rugissait, semblable à une énorme vague de flamme, dévorant et engloutissant toutes choses dans sa course terrible. Il approchait de plus en plus avec la rapidité d'un cheval de guerre et le bruit d'un tourbillon. Devant lui tout était destruction, derrière lui régnait la désolation.

Aussi loin que la vue pouvait s'étendre à droite et à gauche, on distinguait une barrière de feu qui ne laissait nul espoir de salut.

Je restais là comme fasciné. Cette grande prairie, à mesure que la flamme la parcourait rapidement, semblait se rouler sur elle-même comme une feuille de papier, tandis que par derrière une obscurité impénétrable rappelait les ténèbres qui couvraient autrefois la face du néant.

Le feu approchait, il m'entourait et m'enveloppait dans ses replis incandescents quand...... je m'éveillai, et je m'aperçus que ce n'était qu'un rêve.

Et pourtant, non! ce n'était pas tout-à-fait un songe.

Le feu que nous avions allumé devant notre cabane avait atteint peu à peu un amas de feuilles desséchées, puis le tronc d'un vieux sapin mort, entre les branches épaisses et flétries duquel une vigne sauvage avait suspendu ses vrilles multiples.

Cet arbuste aussi était mort, et le feu, après avoir gagné le tronc sec du sapin, s'était glissé au milieu du berceau de vignes dont il dévorait les branches. Il éclatait, lorsque je m'éveillai, et sa flamme brillante étincelait et pétillait, s'élevant vers le ciel, illuminant la forêt et le lac, pareille à une énorme torche qu'un démon des bois eût tenue dans ses mains.

CHAPITRE VIII.

Le lac Saint-Régis. — L'aigle à tête chauve, ses mœurs. — Une capture intéressante.

Le soleil se leva dans l'azur, clair et brillant. Un bain pris dans les eaux limpides du lac, et un déjeuner substantiel, nous avaient rendu, à mon guide et à moi, une grande vigueur pour entreprendre notre excursion projetée vers le lac Saranac, qui pouvait être éloigné d'environ vingt milles de l'endroit où nous nous trouvions.

Ni Tucker ni moi n'avions l'intention de parcourir cette distance d'une seule traite, c'eût été changer le plaisir en fatigue.

Nous partîmes donc, déterminés à prendre nos aises sans outre-passer nos forces.

Comme je l'ai déjà dit, mon guide connaissait les méandres de toutes ces régions sauvages, et je ne courais aucun danger de m'égarer en sa compagnie. D'ailleurs le pays dont il s'agit est partout sillonné par des courants d'eau, et si l'on vient à perdre son chemin, on n'a généralement qu'à suivre l'un de ces affluents, certainement on arrivera en peu de temps à quelque lac qui indiquera la place où l'on se trouve. Sans compter qu'il est inévitable de rencontrer à la fin quelque ferme et des amis.

La route d'un voyageur égaré serait plus ou moins longue, suivant les circonstances ; mais n'aurait-il pas sur les rives du lac des cerfs, canards et poissons pour se nourrir, en admettant toutefois qu'il fût porteur d'une carabine et d'une ligne, armes indispensables à tout chasseur américain.

En suivant le cours d'un ruisseau qui formait l'entrée du lac de Meacham, pendant cinq ou six milles, jusqu'à un défrichement entouré d'une haie d'arbres laissés debout pour servir de ligne de démarcation, nous nous écartâmes de notre route d'un demi-mille et nous parvînmes à un petit lac dont la surface limpide couvrait à peu près deux ou trois cents acres.

Nous fîmes halte en cet endroit pendant le reste du jour et de la nuit. Avant tout, nous avions élevé une cabane indispensable pour nous reposer à l'abri des visiteurs incommodes. Quatre heures de sommeil nous suffirent et nous fûmes bientôt debout, frais et dispos, prêts à nous livrer à tous les genres de distraction que le lac ou les bois pourraient nous offrir.

Nos provisions de bouche, réduites à très-peu de chose, se composaient seulement de biscuit de mer, de poivre, de sel, et d'un peu de thé.

Mais ces simples reliefs, en y ajoutant de la venaison et des truites assaisonnées d'un appétit comme celui qu'un homme acquiert dans les forêts, étaient aussi suc-

culents qu'une nourriture plus délicate, quelle que fût
notre gourmandise.

Nous construisîmes en quelques instants un *catama-
ran* de troncs d'arbres, à l'aide duquel, pendant l'après-
midi, nous côtoyâmes et traversâmes le lac. Nous nous
aperçûmes bientôt que, comme tous ceux que nous avions
visités, celui-ci abondait en truites, les plus grosses se
tenaient dans l'eau profonde, et les plus petites, tachetées, près de la rive.

Les daims aussi, à en juger par les sentiers battus par
eux, et aboutissant à la forêt, devaient se trouver là en
grand nombre. Au coucher du soleil j'abattis un petit
animal de cette espèce, pendant qu'il mangeait des lis
d'eau le long du rivage.

Le lendemain matin, nous traversâmes un étang
d'une étendue de trois milles de longueur et dont la largeur variait d'un demi-mille à un mille environ.

Cette nappe d'eau offre en général le même aspect
que les autres, entourée comme elles de vieilles forêts
primitives, dominée d'un côté par de hautes collines, et
bordée de l'autre par une vallée qui s'étend vers l'est,
et à travers laquelle coule bruyamment un ruisseau dans
les eaux duquel fourmillent littéralement de petites
truites tachetées.

Notre dîner, pris sur le bord de l'étang, se composa de
biscuits de mer et de truites grillées; après avoir allumé
nos pipes, nous nous mîmes en route pour atteindre le
lac Saint-Régis, éloigné de six milles. Sur l'un des côtés
du chemin que nous suivions, se trouvait une chaîne de
collines très-élevées.

La journée était chaude et la marche nous parut assez
fatigante; nous n'avancions qu'à force de sueur et de

difficultés. Six heures après notre départ, nous descendions les collines, à la base desquelles, dans les ombres
profondes des montagnes, reposait le lac, calme, silencieux et transparent comme un miroir.

Ce fut là une vue agréable pour nos yeux ; cette magnifique nappe d'eau endormie, immobile et solitaire
eût forcé à penser l'homme le plus léger et le moins
sérieux.

Nous avions franchi douze milles ce jour-là, à travers
une contrée montueuse et fatigante ; notre marche nous
paraissait d'autant plus pénible qu'il nous fallait sauter
les broussailles entrelacées, les arbres abattus, les ravines, les roches brisées et les pierres qui obstruaient le
chemin.

L'après-midi, quand l'abri de la nuit eut été préparé,
nous soupâmes de bon cœur en mangeant des gelinottes
rôties et des truites grillées.

Nous nous couchâmes de bonne heure, ce soir-là, et
en dépit des attaques incessantes des moustiques et de
leurs murmures, notre sommeil, calme et profond, se
prolongea jusqu'au point du jour.

A l'endroit où nous nous trouvions, mon guide avait
encore, l'année précédente, construit un canot, que nous
retrouvâmes sous un rocher où il l'avait caché à cette
époque. Tucker le radouba et le lança sur la surface paisible des eaux.

Le lac Saint-Régis, qui peut avoir quatre ou cinq
milles de longueur, sur un peu plus d'un demi-mille de
largeur, s'arrondit autour d'un rocher escarpé et d'une
colline, de telle façon qu'il a presque la forme d'un fer
à cheval.

Sur la rive opposée, la terre est plus unie, et les

bancs de glaise s'avancent assez loin dans le lac. Sur
ces bas-fonds, croissent en profusion des sagittaires, des
nénuphars et autres plantes aquatiques, offrant une riche
pâture aux daims de la forêt, et un abri sûr et caché aux
nombreuses volées de canards sauvages. Nous aperçûmes de superbes halbrans se jouant autour de leur mère,
qui veillait sur eux avec une vigilance continuelle.

Mon guide laissa son paquet à la cabane, et après
avoir donné au bon chien Schalk un repas réconfortant,
il lui enjoignit de garder le logis et ce qu'il contenait.

Nous partîmes aussitôt après, avec l'intention de traverser le lac dans notre petite embarcation.

Au moment où nous contournions un promontoire à
un demi-mille de notre point de départ, nous remarquâ-
mes un aigle majestueux, perché sur la branche morte
d'un vieux mérisier, qui s'inclinait sur le lac, à trois
portées de fusil.

Ces oiseaux de proie demeurent ainsi pendant des
heures entières, s'épluchant et s'arrachant les plumes
tout en guettant tranquillement, les yeux fixés sur le
lac, quelque canard imprudent qui s'aventure trop loin
du rivage.

Nous débarquâmes doucement et je me glissai aussitôt
le long de la rive, emportant mon fusil dans le but de
tâcher d'approcher d'assez près l'aigle que je voulais
faire descendre malgré lui des hauteurs de son perchoir.

La nature du terrain secondait mes efforts, car un sentier battu par les daims conduisait autour du lac ; je pus
donc avancer sans attirer l'attention de l'oiseau.

Je parvins près de lui, à une bonne portée, et l'ayant
ajusté attentivement, je fis feu.

La balle atteignit l'aigle à la jointure de l'aile, et aussitôt sa majesté emplumée tomba en s'agitant et en tournoyant jusqu'à ce qu'elle touchât la surface du lac.

Tucker et moi nous regagnâmes le canot afin d'y mettre notre proie en sûreté.

L'aigle que j'avais tué était un admirable oiseau dont la tête, les plumes du cou et de la queue étaient blanches, tandis que le reste du plumage était d'un brun sombre et presque noir.

Il ne ressemblait en rien à cette triste, morose et hargneuse créature que nous voyons souvent en cage et qu'on montre au public comme étant le roi des oiseaux de l'Amérique du Nord.

Lorsque Tucker et moi nous approchâmes de lui, il fit un effort désespéré pour s'envoler; mais n'ayant pu y parvenir, il jeta sur nous un regard de défi.

On lisait dans ses yeux une ardeur et une férocité sauvages, qui dénotaient la rapacité aussi bien que le courage de sa nature.

Il ouvrit son grand bec, et, comme pour nous défier, se mit à siffler à la façon des serpents. Un coup de bâton appliqué sur la tête de l'aigle suffit à le calmer, et après quelques instants de lutte nous transportâmes notre noble captif dans le bateau.

J'avoue que j'éprouvai alors un certain regret de m'être porté à une fatale extrémité contre ce bel oiseau, lequel, après tout, ne m'avait jamais causé aucun dommage.

S'il chassait, c'était pour subvenir aux besoins de sa nourriture et soutenir son existence. Il suivait ainsi les instincts de sa nature, comme moi ceux de la mienne.

C'est là une question que je laisse à résoudre à de plus habiles casuistes que moi.

Je conservai les plus belles plumes soyeuses de l'aigle et une de ses griffes, comme trophée de ma chasse, et je laissai la carcasse de ma victime flotter sur la scène du carnage.

Semblable à quelques-uns de ces grands héros des races civilisées qui n'emploient leurs forces que pour piller, et n'usent de leur pouvoir que pour détruire, mon aigle était un sujet de terreur pour le cœur anxieux des mères de ces volées de halbrans inoffensifs que j'avais vus se jouer sur la rive opposée.

Lorsque j'avais tué l'aigle rapace, il épiait sans nul doute ces oiseaux, guettant un moment opportun pour faire sa proie de l'un d'eux.

Mon tort n'était donc pas si grand, après tout.

— Monsieur, dit Tucker, pendant que nous traversions une petite baie, si ombragée et si délicieusement fraîche, que nous ne pûmes résister à la tentation d'y faire halte, j'ai entendu certaines gens prétendre que l'aigle est un oiseau noble et magnanime, cela n'est pas. Ce maudit voleur est aussi un brigand sans pitié, assassinant tous ceux qui sont plus faibles que lui. Misérable et égoïste créature, cet oiseau ne trouve nul plaisir dans la société et l'affection de ses semblables, et n'aime qu'à poursuivre sans cesse quelque proie. Lorsqu'il a pu attraper quelque canard ou un lapin, il fuit vers un endroit solitaire et l'y dévore tout seul, sans jamais inviter personne à dîner.

Loin de là, on peut être sûr qu'il cherchera querelle à chaque oiseau qu'il rencontrera sur son passage.

Quant à la vie sociale de l'aigle et de sa compagne, quoiqu'il y ait bientôt vingt ans que je parcoure ces parages et que pendant ce laps de temps j'aie certainement vu beaucoup d'aigles, je n'ai jamais pu en apercevoir que deux ensemble, et encore se querellaient-ils toujours, s'ils ne se livraient bataille, et cela jusqu'à ce que l'un cédât la place à l'autre.

Je me souviens qu'un matin, près du lac Tupper, le vieux Peter Meigs et moi, nous étions couchés sous le berceau naturel d'une vigne enlacée au tronc d'un gros ormeau; l'arbuste grimpant étendait ses frêles rameaux parmi les branches maîtresses et déployait sans obstacles ses grandes feuilles rondes, de telle sorte que les rayons du soleil ne pouvaient point pénétrer au travers. Nous étions là, tranquilles, sans nous parler, lorsque tout-à-coup nous aperçûmes un de ces oiseaux, placé sur la branche d'un arbre désséché dont le tronc s'inclinait vers le lac.

Au même instant un nuage obscurcit le miroir brillant formé par l'eau, et nous ne tardâmes pas à comprendre que cette ombre était formée par un autre grand aigle, qui cherchait à atteindre son congénère perché sur la branche.

Quelle que fût son habileté, le nouveau-venu manqua son coup, et nous vîmes alors les deux oiseaux passer et repasser au-dessus de nos têtes, se poussant et se pourchassant l'un l'autre, et criant comme des perdus.

A un certain moment, ils s'attaquèrent dans l'air, et je vous assure, Monsieur, ajouta Tucker, que rien n'était plus curieux à voir que la façon dont ils s'arrachaient les plumes. Leur fureur parut s'accroître de plus en plus, tandis qu'ils soutenaient un combat dans les règles, si bien qu'ils finirent par tomber tous les deux brusquement dans le lac.

Ce plongeon mit un terme à leur humeur batailleuse,

et ils se sauvèrent chacun de leur côté, aussi vite qu'il leur fut possible de le faire.

L'un d'eux (le premier sans doute) revint à son perchoir, et nous pûmes distinguer des traces de sang sur les plumes blanches de son cou. L'autre avait pris son essor et nous le suivîmes du regard jusqu'à ce qu'il ne fut plus qu'un point noir dans l'air et qu'il se perdit dans l'immensité du ciel.

Il y avait cependant dans les parages où nous nous trouvions assez de place et de gibier pour l'un et pour l'autre, mais l'un deux désirait rester seul maître du territoire, et comme le nouveau-venu avait troublé sa solitude, il lui avait livré combat.

Je vous ai dit, Monsieur, ajouta mon guide, que l'aigle est un voleur et un brigand; lorsque je vous aurai raconté ce que j'ai vu, vous trouverez que j'ai raison.

J'aperçus une fois un faucon-pêcheur faisant sur le Shataga un plongeon rapide, afin de s'emparer d'une truite. Il ne manqua pas son coup; le poisson pesait environ deux livres, et le faucon eut beaucoup de peine à le retirer de l'eau; il en vint pourtant à bout.

Un fait remarquable qui m'étonna, ce fut l'intention et l'action de cet oiseau, qui s'envola aussi haut que possible.

Le faucon-pêcheur faisait les plus grands efforts pour s'élever encore, il criait de la façon la plus singulière et atteignit de la sorte une hauteur de quatre ou cinq pieds.

Je compris en ce moment ce qui causait son trouble.

Au-dessus de lui, un aigle descendait avec la rapidité de la foudre, et le pauvre faucon n'eut rien de mieux à faire que de laisser tomber la truite dont il s'était emparé pour son dîner.

C'était là ce que voulait l'aigle. Rapide comme la balle d'une carabine, il tomba en même temps que le poisson. Je ne saurais expliquer comment cela se fit, Monsieur, mais que je meure à l'instant s'il ne le saisit pas dans ses grandes serres longtemps avant qu'il touchât l'eau ; cela fait, il se sauva aussitôt à travers le lac, vers un gros rocher, afin de pouvoir dévorer tout à son aise le poisson volé.

Je fus alors convaincu que l'aigle surveillait le faucon d'un endroit élevé, et qu'il s'était donné le plaisir de le dépouiller ensuite de son légitime butin.

Je vous répète donc, fit Tucker : l'aigle est un voleur et un bandit fieffé qui ne rêve que rapine et pillage.

Quant à moi, je suis toujours disposé à lui envoyer une balle dès qu'il se trouve à portée de mon fusil.

L'aigle est aussi un oiseau très-égoïste, qui aime avant tout la solitude.

J'ai vu souvent les nids de ces oiseaux, et j'ai fait le guet pour les voir apporter la nourriture à leurs petits ; mais, chaque fois que j'ai pu être témoin de ce fait, il m'a été impossible d'apercevoir le père de famille.

S'il était encore en vie, il s'occupait fort peu de son intérieur ou de ses enfants, car je ne l'ai jamais vu rôder aux alentours. Peut-être était-il parti à la recherche d'une proie destinée à sa femelle ; mais ce qu'il y a de certain, c'est qu'il restait peu dans sa maison.

Je me souviens qu'une fois, le vieux Peter Meigs et moi, nous gravîmes les monts Adirondacks vers l'extrémité nord du grand lac. Il y a là, en outre, une infinité de petits étangs formés par l'eau amoncelée au milieu des montagnes.

Sur les rives de l'un d'eux, dont je n'ai jamais entendu prononcer le nom, se dresse une montagne très-escarpée.

A l'endroit où les rochers forment un précipice presque perpendiculaire, nous aperçûmes un de leurs nids au milieu des branches d'un sapin qui avait poussé dans une crevasse au milieu de la palissade de pierre, et qui s'élevait tout droit vers le ciel, comme le mât d'un grand navire.

Le nid, façonné à l'aide de bois et de broussailles desséchées, était plus grand qu'un panier à blé.

Nous fîmes le guet pendant les quelques jours que nous demeurâmes dans cet endroit, et nous vîmes souvent la mère apporter de la nourriture à ses petits. Tantôt c'était un canard, tantôt un lièvre; de temps en temps même, elle leur servait un poisson qu'elle avait très-probablement dérobé à quelque faucon.

La bonne mère semblait toujours occupée de sa progéniture, mais nous ne vîmes jamais le mâle, ce qui me confirma dans cette idée que l'égoïste ne s'occupe jamais de sa famille.

CHAPITRE IX.

Le code des forêts américaines. — Le grand lac aux eaux limpides. — Une chasse aux daims. — Les traces d'un caribou.

Quand le soleil s'inclina à l'horizon, je suivis le conseil de Tucker, qui m'engageait à la retraite, et nous retournâmes à notre cabane avec un approvisionnement de truites et d'oiseaux aquatiques, plus un jeune cerf, que j'avais tué.

Nous retrouvâmes le fidèle Schalk, remplissant ses fonctions de gardien, et qui manifesta la plus grande joie à nous revoir.

Il va sans dire que le bon chien prit plaisir, comme nous, à manger.

— Tucker, dis-je à mon camarade de chasse, pendant que nous fumions nos pipes après notre repas, en prêtant l'oreille aux hou-hous d'un chat-huant et au ramage du *whip poor will*, savez-vous que nous avons violé la loi et que nous nous sommes exposés à une forte amende en tuant le daim qui a servi à notre souper?

— Oh! me répondit-il, j'ai déjà entendu parler de cette loi, et je crois qu'elle existe, mais je n'en connais pas le texte; et quand même il serait sous mes yeux, j'y aurais peu égard. Non pas que je méprise la loi, comme mesure générale, mais celle-ci n'est point applicable dans le cas où nous nous trouvons, et nul ne proposera jamais de la mettre à exécution dans les bois du Shatagu.

Ici, au milieu des lacs et des montagnes, il n'y a ni justice de paix, ni policemen, ni témoin, et à moins toutefois que nous ne nous trahissions mutuellement... Du reste, au-dessus des lois du code, il y en a une qui nous justifierait : c'est la loi de la faim et de la nécessité. Cette même loi invite l'aigle à se jeter sur le canard inoffensif et à le dévorer; c'est elle qui pousse le faucon à saisir sa proie et la panthère à se précipiter sur les daims et les cerfs; en un mot, c'est la loi de l'instinct et de la conservation de soi-même.

J'ai souvent pensé, continua Tucker, qu'il existe deux

sortes de lois, différant autant dans leur nature que les
ténèbres et la lumière; l'une commande partout, dans
les forêts comme dans les colonies, dans les champs
aussi bien que dans les cités, et il serait mal de la violer; l'autre est applicable seulement suivant les circonstances.

D'après l'une d'elles, le mal consiste dans la violation
qu'on en a faite, que le monde le sache ou qu'il l'ignore.
D'après l'autre, la faute n'est constatée que quand on est
pris en flagrant délit.

Il est une loi pour les bois et une autre pour les colonies, une pour les forêts profondes et une autre pour les
cités.

Si je bâtis une cabane de broussailles sur un terrain
vacant, dans une ville, et que j'y vive avec mon chien,
je serai pris comme un vagabond et envoyé en prison.
Pourquoi cela?...

C'est qu'il y a dans une ville assez de maisons pour
que tout le monde trouve un abri, et qu'il n'est pas logi-
que de dormir dehors, à la belle étoile; car dans ce cas
les gens civilisés penseront avec raison que celui qui
agit ainsi a de mauvaises intentions.

Mais qui osera jamais dire qu'ici, où ne se rencontre
aucune habitation, nous violons la loi de la nature en
dormant sous notre tente dans les déserts du Shatagu?

Si je trouve dans une rue de nos villes un mauvais
sujet, maltraitant un pauvre animal, et que je lui donne
une bonne volée en guise d'avertissement, je serai em-
prisonné pour « voies de fait, » d'après les termes des
gens civilisés. Pourquoi cela?...

Ce ne sera point parce que le mauvais drôle ne méritait pas une bonne leçon, ni parce que je ne lui aurai

pas donné ce qui lui était dû en toute justice, mais bien parce qu'il existe dans la ville un tribunal, une loi et des policemen à qui revient le droit de punir régulièrement.

Qui songerait jamais à m'emprisonner pour avoir battu ce maudit sang-mêlé, comme je vous l'ai raconté, lorsqu'il massacra sans pitié, cruellement, ce pauvre daim sur la glace ?

La nuit, dans les rues de nos cités, si je m'amuse à chanter à pleine voix, je serai pris par la garde et mis sous les verroux. Pourquoi ?

Parce que j'interromps le sommeil des gens, que j'alarme les gens timides, que j'agace les nerfs des malades, et que je trouble la paix publique.

Mais ici, dans la profondeur des forêts, seul entre les lacs et les collines, si je désire crier : Hurrah pour Washington! soit pour me distraire, soit pour éveiller les échos endormis des montagnes, ou bien pour laisser ma voix se répercuter derrière les monts Adirondacks, qui viendra m'accuser d'avoir troublé la paix ou interrompu le repos des gens ?

La vérité, Monsieur, est qu'ici, dans ces bois sauvages, la loi dont vous parlez n'a aucune force. Si j'ai faim, j'ai le droit de m'approvisionner de venaison pour rassasier ma faim. Les lois de la nature et de la nécessité me le permettent, et celles-là, je le répète, sont au-dessus de tous les décrets des hommes. Ce que je n'ai pas le droit de faire, c'est de dérober votre fusil, ou de vous assassiner, même dans les solitudes les plus épaisses et les plus sombres du Shatagu. Pourquoi ?

Parce que la loi de la nature et celle de la conscience, celle de Dieu lui-même, aussi bien que celle des hom-

mes, me l'interdisent. Et bien que vous puissiez disparaître et échapper à toutes les recherches humaines
à l'endroit où je vous aurai tué, sans que nul homme
vienne jamais à découvrir vos ossements, bien que je
puisse moi-même échapper aux soupçons, le crime
n'en serait pas moins aussi grand que si je l'avais commis sur un des grands chemins d'une colonie ou dans les
rues peuplées d'une ville.

Quant à tuer ici, dans les bois, un daim qui n'appartient à personne, que personne n'a vu avant ce jour, et
que nul homme ne peut réclamer, c'est tout autre chose,
en dépit de la loi qu'on peut avoir faite à ce sujet. Je
n'agis pas contre ma conscience en violant une pareille
loi, et il m'est indifférent qu'on l'apprenne un jour ou
l'autre.

Si en tuant un daim, quand j'ai besoin d'une tranche
de venaison pour mon déjeuner ou pour mon dîner, j'agis
contre les édits publics et faisant force de loi, je puis encore vous regarder en face, comme le fait un honnête
homme, attendu que ces décrets ne sont point en vigueur
ni sur les forêts du Shatagu ni sur les lacs ou les montagnes Adirondacks.

— Très-bien, dis-je ; Tucker, vous parlez comme un
magistrat, et, sans le savoir, vous abondez dans le sens
de la philosophie légale.

— C'est possible, répondit-il, mon opinion émane de
la philosophie ; c'est la loi des forêts telle que nous la
comprenons.

Nous partîmes le lendemain matin pour le lac Big-
Clear (le grand Clair), comme on l'appelle dans le pays,
vaste nappe d'eau circulaire de quatre à cinq milles de
circonférence, située à trois milles du lac de Saint-Régis.

Notre route longeait une chaîne de collines couvertes
de broussailles et de ronces croissant sur des rochers
détachés, ce qui rendait ce parcours excessivement fa-
tigant.

Cette convulsion terrestre sépare la tête des eaux de
la rivière Saint-Régis de celles du Saranac.

Ce lac Big-Clear a été baptisé d'un nom très-convenable, car ses eaux sont très-limpides, et quand on examine leur profondeur, on peut apercevoir les petits cailloux blancs sur un fond de graviers, à vingt ou trente
pieds. Ces eaux sont aussi extrêmement froides, et si
les truites qui abondent dans le lac ne sont pas heureuses
de leur position, c'est qu'elles sont tout-à-fait incapables
d'apprécier une bonne chose.

Ce lac n'offre pas un riche pâturage aux ruminants,
car ses bords sont escarpés et on n'y trouve ni des nénuphars, ni aucune de ces herbes qui poussaient en si
grande profusion dans les autres lacs que nous avions
visités.

Nous découvrîmes un canot abandonné, ou bien qui
avait flotté à la dérive, loin de l'endroit où on l'avait
caché. Cette embarcation se trouvait couchée sur le rivage, comme si elle eût été entraînée au moment de la
crue des eaux, puis laissée là à sec lorsqu'elles s'étaient
retirées. Les rames avaient disparu, mais il ne fallut
pas longtemps à mon guide pour en tailler une paire, et
nous ne tardâmes pas à nous embarquer, mon guide et
moi, pour faire une excursion autour du lac.

Nous passâmes la journée sur cette magnifique nappe
d'eau, et nous dormîmes sous un abri construit à la hâte
sur la rive nord-est.

Pour la première fois depuis notre départ, nous n'eûmes pas la chance de capturer ou de tuer le moindre cerf ou le moindre daim, au moment où ils venaient à l'eau pour brouter les herbages, mais nous ne restâmes pas pour cela sans venaison.

J'ai déjà dit que Schalk possédait dans les veines une infusion de sang de la race des chiens courants, et qu'il pouvait, par conséquent, suivre une piste, non pas certainement comme un animal de pure race, mais suffisamment pour atteindre notre but. Aussi longtemps qu'il voulait bien quêter sur la piste, il ne faisait aucun défaut, et le daim qu'il poursuivait avait fort à faire.

Mon guide me fit placer dans un certain passage où la chaîne de montagnes aboutissait dans le lac; il lui semblait que c'était là le point exact où le daim chercherait à se mettre à l'eau.

Cela fait, Tucker se dirigea vers le haut de la vallée avec Schalk, qu'il comptait lancer sur une piste.

J'attendais depuis environ une demi-heure, quand les aboiements du chien, qui chassait à quelque distance, sur le côté de la montagne, parvinrent à mes oreilles.

Au bout de quelques instants, je perçus le bruit du daim qui faisait craquer les arbustes sous ses grands bonds, dans la direction du lac, ayant à six ou huit mètres derrière lui Schalk, qui aboyait avec fureur à chaque saut du pauvre animal.

Le daim se jeta à l'eau à une portée de fusil du poste que j'occupais, et il se mettait à nager vers la rive opposée quand une balle de mon fusil l'arrêta net.

Je ne tardai pas à l'atteindre à l'aide du canot, et je l'achevai avec mon couteau de chasse planté dans la gorge; au même instant les eaux limpides se teignirent de son sang.

Du lac Big-Clear, nous nous dirigeâmes vers une chaîne de montagnes située à deux milles de l'étang de *Little-Clear* (le petit Clair), petite nappe d'eau qui couvre une surface d'environ trois cents acres.

Ce petit lac, le seul au milieu de ces solitudes, est, s'il m'est permis de m'exprimer ainsi, un véritable bijou, encadré par des forêts et dominé par des collines. Aucun pli ne ride la surface de ses eaux glacées, dont la transparence est vraiment extraordinaire.

Nous dînâmes sur ses bords, sous un berceau de vignes sauvages, dont les rameaux s'étendaient parmi les branches d'un vieux ormeau.

Pendant que nous fumions notre pipe, après notre sieste, nous vîmes sautiller autour de nous un grand nombre de lapins gris, redressant leurs longues oreilles quand les parfums de notre cuisine parvenaient jusqu'à eux, et s'enfuyant dès qu'ils apercevaient nos visages.

Les écurèuils rouges « caquetaient » en se poursuivant à la cime des arbres qui nous environnaient ; les perdrix rappelaient aux environs, et les oiseaux nous amusaient de leurs chansons. Mais à tous ces plaisirs il y avait un revers de médaille : les moustiques nous harcelaient, et les piqûres des mouches noires nous incommodaient au suprême degré.

Une loutre passa tout-à-coup furtivement sur le bord de l'eau, se penchant sur les pierres plates et guettant les grenouilles et les petits poissons le long du rivage.

L'animal possédait une admirable fourrure, et je crus devoir lui adresser un coup de fusil. Ma main vacillait, sans doute, ou bien mes yeux étaient troublés, car tout le mal que je lui fis, fut de lui causer une horrible frayeur.

La pauvre bête ne dut pas oublier de quelque temps qu'elle avait échappé à la mort, car ma balle rasa terriblement sa tête, et il lui fut possible de raconter à ses amis une histoire qui dut paraître incroyable dans le royaume des loutres.

Après avoir admiré à loisir cette belle nappe d'eau, nous suivîmes une route appelée par mon guide un sentier d'élan, et qui longeait un de ses petits bras, situé à environ trois milles du haut Saranac.

Je n'entends pas dire pour cela que ce sentier était battu comme l'est un grand chemin, ni que nous y vîmes de nombreuses pistes de grands animaux.

A l'époque où les daims, les cerfs et les élans étaient beaucoup plus nombreux qu'ils ne le sont maintenant, ces quadrupèdes avaient tracé le chemin.

Quand Tucker et moi nous y passâmes, il était cependant assez facile à suivre, et il nous épargna beaucoup de fatigue en nous conduisant directement au lac qui se trouvait plus bas.

CHAPITRE X.

Les sources du Saranac. — Une chanson sur l'eau. — Notion d'un pionnier sur le passé, le présent et l'avenir des Etats-Unis de l'Amérique.

Nous atteignîmes le haut Saranac vers le coucher du soleil. Là nous trouvâmes une cabane qui avait sans doute été construite par quelque chasseur égaré dans cette région solitaire. Nous en prîmes immédiatement possession, et après avoir enlevé les branches sèches qui

avaient servi de lit l'année précédente, après avoir ba-
layé et battu la terre, nous fîmes une nouvelle provision
de branchages pour nous y reposer, et nous sortîmes dans
le but de nous procurer à souper.

Nos recherches à Tucker et à moi ne durèrent pas
longtemps, car tandis que je prenais un plein filet de
truites dans le ruisseau qui forme l'*inlet,* ou entrée, mon
guide tuait trois grouses devant lesquelles Schalk s'était
mis en arrêt au pied d'un merisier qui s'élevait à trois
ou quatre portées de fusil de la cabane.

Nous savourâmes notre repas, tandis que le soleil faisait étinceler ses derniers rayons sur les cimes des montagnes de l'autre côté du lac.

Mon guide, qui avait caché son canot dans une baie
ombreuse, partit à la brune pour ramener cette embarcation près de la cabane, car notre projet était de nous
mettre en route de bonne heure le lendemain matin.

Il s'agissait d'une excursion sur les rives du bas Saranac.

Tandis que Tucker vaquait au soin dont je viens de
parler, je m'étais assis sur un rocher, au bord de l'eau.

Le soleil était couché et les lueurs grisâtres du crépuscule enveloppaient le paysage. Les étoiles se levaient
l'une après l'autre et se miraient dans le miroir liquide.
Quelle belle soirée! quel calme autour de moi!...

Aucun souffle n'agitait les feuilles des arbres, et la
nature entière semblait plongée dans une torpeur inexplicable.

Bientôt la voix de mon guide qui ramait, en ramenant
son canot, chantant une barcarole rustique, frappa les
échos de la forêt.

Quel effet cette voix aurait-elle produit dans une salle

de concert?... Aucun, j'ose le dire; mais ce soir-là, sur
le lac américain, cette barcarole au rhythme musical,
chantée d'une façon claire et limpide, me paraissait remplie de la plus harmonieuse douceur.

Je rêvais, malgré moi, à la Malibran, à Jenny Lind, et
je me disais que si l'une de ces deux éminentes canta-
trices s'était trouvée là, sur ce lac tranquille, pendant
cette soirée silencieuse, jetant dans le calme de l'atmosphère les notes cadencées d'une composition distinguée,
leur voix aurait paru à l'auditeur semblable à celle des
séraphins, chantant dans les chœurs du ciel.

Que ne donnerait-on pas pour entendre un pareil concert s'élever sur les eaux et mourir répété par l'écho
lointain, le long des rives boisées d'un lac des Etats-Unis?

Si jamais les doux accents d'une chanteuse de talent
s'élèvent sur ces eaux paisibles, ce sera lorsque les vieilles forêts primitives auront disparu pour faire place à
de grandes prairies, à des champs de blé, à de riches
pâturages. La chanteuse sera assise au seuil de sa demeure, entourée de sa famille, et ses chants berceront son
enfant endormi dans son berceau.

Les daims, les cerfs, les élans, les chats et la panthère
auront disparu, et tout ce qui existe aujourd'hui ne sera
plus qu'une tradition. La locomotive s'avancera, en
soufflant, à travers ces vallées profondes, entraînant à
sa suite un convoi, et jetant à sa droite et à sa gauche
sa fumée blanche et noire.

Tandis que nous étions assis sur une roche couverte
de mousse, suivant des yeux les phosphorescences des
mouches de feu, les lucioles qui voltigeaient sur l'eau
et parsemaient les ombres de la nuit de lueurs brillantes aussitôt effacées qu'apparues, mon guide, avec son

impassibilité accoutumée, commença une de ces narrations à la fois pittoresques et simples :

— Je me suis souvent dit, fit-il, qu'il était étrange que ce grand pays qu'on appelle l'Amérique du Nord, qui occupe environ un quart du globe, fût demeuré solitaire pendant des centaines et des milliers d'années sans que les peuples du grand hémisphère aient jamais su qu'il existait.

Je dis les peuples du grand hémisphère, car je n'admets pas que les Indiens soient une nation. Il y a dans notre continent républicain un grand nombre de tribus dispersées, ayant leurs terrains de chasse et vivant dans les bois, mais elles sont aussi sauvages que les animaux des forêts, et aussi féroces que quelques bêtes carnassières.

On ne peut pas dire de ces êtres que ce sont des hommes, car bien qu'ils soient des créatures humaines, ils n'en sont pas moins des enfants des forêts, n'ayant aucune connaissance des facultés intellectuelles, ni aucune notion du progrès.

S'ils chassent, c'est comme le loup et la panthère, dans le but unique de subvenir à leurs besoins. Quoiqu'ils vivent ensemble, par tribus, ils n'ont pas pour cela plus de bien-être que les loups, car ils habitent des huttes, à l'instar des castors.

J'ai souvent rêvé au plaisir que j'aurais éprouvé à voir cette immense contrée quand elle était entièrement sauvage et dans son état naturel, alors que les vieilles forêts s'étendaient du nord au sud et de l'est à l'ouest, du pôle Nord au pôle du Mexique, sans qu'il fût possible de rencontrer nulle part un homme civilisé ; avant que le bruit de la hache n'eût interrompu le silence des bois ;

quand il n'existait nulle part ni ville, ni village, ni fermes, ni églises, ni champs cultivés.

J'aurais aimé, continua Tucker, à examiner ces grands cours d'eau glissant comme d'énormes serpents, le long des vallées profondes et des plaines boisées, avant qu'aucun vaisseau n'eût encore déployé ses voiles blanches dans ces parages, avant qu'aucun bateau à vapeur n'eût laissé échapper sa fumée le long des rives étonnées.

— J'ai entendu dire que les grandes prairies qui s'étendent du Mississipi au pied des montagnes Rocheuses formaient comme une vaste plaine dont la surface plane n'était interrompue ni par une haie ni par un chemin.

— Eh bien! Monsieur, il eût été curieux de visiter ces immenses solitudes, avant que le pied d'aucun homme blanc eût traversé le Meschascébée comme en ce moment, ou bien de s'égarer dans ces prairies toutes couvertes de grandes herbes ondulant comme un océan de verdure, et s'étendant à perte de vue à des centaines de milles au-delà de l'espace que l'œil de l'aigle peut embrasser, même dans son vol le plus élevé. J'aurais aimé à voir ces innombrables troupeaux de bisons, les uns se battant entre eux, les autres mugissant, tandis que ceux-ci et ceux-là se bousculaient et se poursuivaient, couvrant la plaine comme une puissante armée de bêtes à cornes. La peur venait-elle à s'emparer d'eux, ils fuyaient, et alors j'eusse eu grand plaisir à entendre le bruit tonnant de leurs sabots qui faisait tressaillir la terre.

J'aurais voulu, Monsieur, être le premier homme blanc qui contemplât un aussi vaste désert que cette contrée l'était alors. Quelle joie j'eusse éprouvée à être le premier à visiter les sources de l'Hudson, en descendant jusqu'à la mer, à naviguer sur ses eaux, pendant qu'elles coulaient, solitaires, à travers les Highlands. J'aurais fait le premier la chasse aux panthères et autres félins, tandis que les daims m'auraient regardé sur le rivage uni, remontant les eaux du Champlain ou descendant le fleuve Saint-Laurent. Quelle satisfaction pour un homme civilisé de côtoyer le beau lac Ontario jusqu'à l'endroit où le Niagara déverse ses puissantes cataractes avec un bruit de tonnerre qui ébranle la terre, en se précipitant du haut en bas des roches crevassées. J'eusse aimé à côtoyer le lac Erié et les autres grandes mers qui reposent du côté de l'ouest, à travers le Mississipi, et à flotter sur ce vaste courant jusqu'à l'Océan.

— C'était là, Monsieur, un voyage auquel un homme pouvait consacrer une partie de sa vie, et il aurait rapporté de cette exploration un merveilleux récit pour le raconter à ses enfants, pendant les longues soirées d'hiver.

— Je me suis souvent dit, ajouta mon guide, que je quitterais volontiers les colonies et la vie ordinaire pour aller demeurer au milieu des solitudes des montagnes Rocheuses et dans les vastes régions qui s'étendent au-delà, afin de passer quelques années dans ces solitudes. Je voudrais tendre des piéges aux castors, combattre les ours gris, chasser l'élan et prendre enfin toutes les distractions que peut offrir une contrée sauvage et éloignée de la civilisation.

Le vieux Peter Meigs et moi nous avions souvent conçu l'idée d'un pareil voyage; mais le pauvre homme était trop âgé, et d'ailleurs j'aimais trop ma femme et mes enfants pour songer sérieusement à jamais mettre ce projet à exécution.

— Vous et moi, Monsieur, nous n'accomplirons pas non plus cette pérégrination ; mais ce que nous pourrons voir, c'est l'agrandissement de ce pays, à tel point qu'un homme pourra bientôt se rendre en quinze jours de l'état de la Baie au grand Océan de l'ouest, en traversant les grandes prairies et les montagnes Rocheuses, et en descendant dans les grandes vallées qui s'étendent au-delà, et où l'on trouve de grands villes, de riches fermes et des millions d'habitations.

— Morbleu ! m'écriai-je, mon cher Tucker, vous discourez parfaitement, et vous m'avez suggéré certaine pensée dont nous causerons, si vous le voulez bien, en nous étendant sur notre lit de branchages, là-bas, dans notre cabane.

Le lendemain matin nous partîmes pour visiter le haut Saranac.

Le lac près duquel nous étions est le plus vaste de tout le pays, car il a quatorze ou quinze milles de long, sur trois milles environ de large. A près d'un demi-mille de la tête du lac, se trouve une île d'une contenance de cent à cent cinquante acres, couverte d'arbres et de broussailles, comme le sont les forêts sur la terre ferme.

Nous débarquâmes dans cette île, sur les bords de laquelle nous trouvâmes très-facilement du poisson pour notre premier repas.

— Maintenant, Monsieur, me dit mon guide après le déjeuner, je vais vous montrer la science de Schalk et vous faire assister à une bonne chasse par-dessus le marché.

J'ai présidé moi-même à l'éducation de mon chien, et sans trop me flatter, je n'ai jamais pu rencontrer son pareil. Vous savez qu'il ne court pas après tout le gibier qu'il aperçoit, comme le ferait un chien ignorant; du reste, Schalk agissait ainsi, la première fois que je l'emmenai avec moi dans les bois pour l'instruire. Voyez-le marcher maintenant près de nous d'un pas ferme et réglé, comme nous le faisons nous-mêmes, ne faisant que ce qui lui est ordonné, et rien de plus. Il écoute tout ce que nous disons, et je veux bien être pendu, s'il ne comprend pas les histoires de chasse que je vous raconte.

Oui, Monsieur, Schalk est le modèle de l'éducation qu'un bon maître peut donner à un honnête chien, et des talents que l'animal peut acquérir.

Tucker, tout en parlant ainsi, s'était dirigé vers un endroit élevé, à quelques mètres de l'endroit où nous étions; il appela son chien et agita sa main devant lui en criant :

— Cherche, Schalk! cherche! Allons, Monsieur, en route! hâtez-vous!...

Le bon chien parut parfaitement comprendre son maître; il s'élança en courant de çà et de là, puis nous le vîmes s'éloigner de plus en plus, jusqu'à ce qu'il disparut tout-à-fait. Nous cessâmes même de l'entendre dans les bois.

Au bout d'un quart d'heure, le bruit de ses aboiements parvint à nos oreilles, et nous pensâmes qu'il était sur une piste quelconque.

En effet, après cinq minutes d'attente, un daim parut à nos yeux, courant vers le bout de l'île où nous nous trouvions.

Le pauvre ruminant semblait fort effrayé d'avoir à ses trousses Schalk, qui aboyait avec fureur à chacun des bonds du daim.

Nous ne voulions pas gâter le plaisir de cette chasse en faisant usage de nos fusils ; aussi encourageâmes-nous le chien, lorsqu'il passa rapidement auprès de nous. Le daim et le chien firent une fois de plus le tour de l'île : on eût dit deux coursiers lancés à fond de train.

Le terrain de chasse n'était pas assez grand pour qu'il fût impossible d'entendre Schalk, et nous nous sentions vraiment excités, Tucker et moi, par les cris aigus qui nous parvenaient de loin avec le bruit de la chasse.

J'ai déjà dit précédemment que Schalk n'avait pas la persévérance d'un chien de pure race, mais qu'aussi longtemps qu'il suivait une piste, sa poursuite était terrible, et que le gibier devait hâter la fuite.

Le daim et le chien firent encore le tour de l'île, le premier plus effrayé et le second plus excité que jamais.

Le daim avait gagné un peu de terrain, mais on devinait facilement au prix de quels efforts. Sa langue pendait et nous entendions son souffle haletant, quand il passait près de nous. La pauvre bête ne perdait pas son temps en bonds inutiles, qui eussent nui à la vitesse de sa course, comme c'est l'habitude des daims, quand ils sont lancés à travers la forêt. Il ne regardait pas non plus en arrière et n'agitait point son bois d'un air de défi, pour se faire gloire de la célérité de sa fuite.

Mais il allait droit devant lui, s'allongeant comme un cheval de course, en bonds rapides ; chacun de ses muscles se roidissait pour l'aider à s'échapper.

Nous excitâmes encore le chien, et les deux animaux firent une autre fois le tour de l'île avec une nouvelle ardeur.

Bientôt après, un cri de Schalk se fit entendre vers

la partie inférieure de l'île; nous vîmes le daim plonger dans l'eau et nager vers la terre ferme.

Le chien se précipita aussitôt à sa poursuite, mais le daim était plus habile nageur, et il lui fut facile de devancer Schalk, qui, se voyant vaincu, prit le parti de revenir dans l'île.

Nous eussions pu facilement atteindre le daim avec notre canot, mais nous n'avions nullement besoin de venaison, et nous le laissâmes fuir, en nous contentant de le suivre du regard, pendant qu'il nageait avec ardeur vers la rive, en laissant dans l'eau tranquille un long sillon derrière lui.

A l'aide de ma longue-vue, je vis l'animal aborder lentement et se glisser dans les bois. Il paraissait très-fatigué, mais surtout ravi de se sentir sain et sauf.

CHAPITRE XI.

Une excursion de chasse en pleine forêt. — La voix des chiens courants.—Le tueur de panthères et le cerf de grande taille.

L'ingénieux Tucker hissa au mât de notre canot une voile d'écorce, et nous nous mîmes en route, poussés par une légère brise, en nous dirigeant vers une autre grande île, éloignée de deux ou trois milles.

Tandis que nous voguions ainsi, Tucker causait, suivant son habitude.

— Je vais vous conter comment le vieux Peter Meigs et moi nous vînmes à nous lier, me dit mon guide; ou plutôt, voici quelle fut la raison pour laquelle il me prit en affection.

Deux gentlemen étaient venus de la ville d'York à
Plattsburg, pour se rendre au Shazée, avec l'intention
de chasser et de pêcher.

J'étais âgé de dix-huit ans à cette époque, mais j'a-
vais grandi aux côtés du vieillard, et, bien que doué
d'une grande force musculaire, je paraissais encore un
enfant pour ce brave homme.

Ce n'était pas alors comme aujourd'hui. Les pionniers
n'avaient pas reculé les limites, comme ils l'ont fait depuis, il n'existait pas dans l'Etat de New-York un aussi
grand nombre de maisons de pierre destinées à abriter
des hommes aux méchants instincts. L'endroit où s'élève
actuellement la prison de Clinton se trouvait à dix milles de toute habitation, et un homme qui cherchait à gagner le Shazée devait parcourir quinze longs milles
avant de rencontrer une route frayée ou une propriété.

Ces citoyens des villes étaient passablement novices
dans le métier de forestier, mais ils désiraient apprendre et avaient beaucoup de courage ; seulement, ce courage avait besoin d'être stimulé.

Elevés dans les centres d'habitation et avec les mœurs
des gens civilisés, les gentlemen dont il s'agit n'avaient
pas plus de fierté pour cela et ne se croyaient pas au-
dessus des autres.

Je me trouvais à Plattsburg quand ils y arrivèrent, et
comme ils demandaient un guide, je leur parlai du vieux
Peter Meigs.

Je savais que le vieillard était à son logis, car j'avais
causé avec lui dans la matinée.

Les nouveaux-venus voyageaient dans une voiture
confortable, et je les conduisis chez le vieux Peter.

Il fut décidé qu'il les accompagnerait comme guide,

et moi en qualité de porteur, chargé de la garde des provisions et des choses indispensables.

Je n'avais pas emporté mon fusil dans cette excursion, car les Yorkers n'ayant pas l'habitude de voyager dans les bois, le vieux Peter et moi avions été obligés de nous charger d'une foule d'objets indispensables.

Le jour suivant se leva clair et brillant, et nous partîmes pour le Shazée.

Il nous fallut franchir une route de quinze milles, sans rencontrer le moindre sentier frayé. Nous gravissions les hautes collines, puis nous descendions dans les profondes vallées en traversant les ruisseaux et en nous tirant de notre mieux du labyrinthe inextricable de broussailles et de rochers.

Les gentlemen voyageurs étaient exténués de fatigue quand nous arrivâmes près du lac. Nous avions marché toute la journée pour parvenir jusque-là, et l'aspect de ces eaux limpides, si brillantes et si calmes, fut pour ces messieurs une chose ravissante.

Peter et moi n'y faisions nulle attention, parce que nous y étions habitués. Pour nous, la besogne était toujours la même, que ce fût dans les bois ou dans les champs.

Nous dressâmes une tente destinée aux gentlemen de New-York, dans laquelle nous étendîmes une litière de feuilles et d'herbes sèches.

Un feu bien entretenu devait les garantir des attaques des moustiques et des mouches noires; cela fait, nous laissâmes ces gentlemen, qui ne tardèrent pas à s'endormir profondément, et nous nous éloignâmes, Peter et moi, afin de nous procurer un plat de truites pour notre souper.

7

Mon vieil ami, un mois ou deux auparavant, avait retiré son canot de l'eau, pour le cacher au milieu d'un épais buisson.

Grâce à un accident inconnu, à la foudre peut-être, les bois avaient pris feu, et, au lieu de sa petite barque, nous trouvâmes quelques billots carbonisés.

Peter eût bien voulu sacrer, pester et jurer; mais à quoi bon?... Son canot n'existait plus, et aucun juron n'eût eu le pouvoir de le raccommoder.

Nous travaillâmes donc pendant toute une journée pour fabriquer une nouvelle embarcation, et grâce à la méthode déjà employée, elle se trouva fort à propos terminée le jour suivant.

Quelle qu'eût été notre déconvenue de trouver le canot brûlé, nous n'en avions pas moins pêché pour notre souper un bon nombre de belles truites, et quand nos voyageurs se réveillèrent, ils trouvèrent le poisson apprêté d'après la méthode de cuisine des chasseurs. La façon dont ils firent honneur à notre plat favori fut véritablement très-flatteuse pour notre habileté.

Le vieux Peter possédait deux des plus beaux chiens de chasse que j'aie jamais vus.

L'un d'eux surtout, que le vieillard appelait Roarer (aboyeur), était un grand animal de couleur de tan, à la poitrine très-vaste, à la gueule aussi large que l'ouverture d'un four, aux babines pendant au-dessous de ses mâchoires, et aux oreilles semblables à celles d'un éléphant. Sa voix rappelait le timbre d'une trompette, et rien ne plaisait plus à un chasseur que la façon dont il faisait retentir les bois de ses cris sonores.

Le vieux Peter avait emmené ses chiens avec lui, afin

de démontrer aux gentlemen les plaisirs de la chasse dans la contrée du Shatagu.

Le lendemain matin, nous étions debout au point du jour.

Les voyageurs se sentaient reposés, et nous les vîmes remplis d'ardeur pour goûter les plaisirs de sport que pouvaient leur offrir les forêts. Tout ce qui les entourait leur paraissait nouveau. Les mille voix qui se faisaient entendre dans les bois leur fournissaient un sujet de causerie et d'admiration.

Nous convînmes que la première chose à faire dans la matinée serait de partir pour la chasse. Nous ne voulions pas attaquer un daim le long du lac, car nous n'avions pas notre canot, indispensable en pareille occasion; aussi nous dirigeâmes-nous tout simplement sur les *crêtes* (c'est ainsi que nous appelions les montagnes), afin de lancer un animal.

Le vieux Peter connaissait les bois comme un curé son bréviaire, et il pouvait toujours, en examinant le terrain et la topographie des lieux, dire dans quel endroit passerait un daim pressé par les chiens; vous n'ignorez pas, Monsieur, me dit mon guide, que ces animaux ont des ruses particulières, des habitudes qui ne sont connues et comprises que d'un homme qui a vécu longtemps au milieu des bois.

Quand ils sont serrés de trop près, ils s'élancent vers les hauteurs des montagnes et se maintiennent là jusqu'à ce qu'ils soient fatigués; ils se jettent ensuite à l'eau, s'ils le peuvent, afin de dépister les chiens.

Avant donc que le soleil fût très-élevé, nous nous dirigeâmes de l'autre côté du lac. Le vieux Peter désigna un poste aux New-Yorkers; ils se trouvaient placés à

une quarantaine de mètres l'un de l'autre, sur une « crête »
peu élevée, qui s'étendait au-delà du lac assez loin dans
les bois, et à un endroit où le chasseur expérimenté
supposait que le daim passerait très-probablement.

Une fois qu'ils furent installés, comme il l'avait fait,
il me prêta son fusil et me conduisit à environ un quart
de mille plus loin. Il me désigna un fossé naturel devant
un gros chêne, qui dominait une ravine, large et peu
profonde, puis il me quitta pour stimuler les chiens

Peter ignorait alors mon adresse comme chasseur et
tireur, et j'ai tout lieu de croire qu'il m'installa en cet
endroit plutôt pour m'écarter de la direction que devait
suivre la bête et pour m'empêcher de gâter la chasse
des New-Yorkers, que pour toute autre raison; car, d'a-
près ce que j'ai appris depuis, des allures des daims et
de la science des bois, il n'y avait pas de chance pour
qu'un daim passât jamais dans cet endroit.

— Allons, Joé, me dit-il, souvenez-vous maintenant
que nous sommes ici pour chasser le daim, et non point
des grouses ou des écureuils. N'allez pas gâter la chasse
en tirant quelque coup de fusil sur autre gibier qu'une
panthère ou un gros cerf.

Après m'avoir fait cette recommandation, le vieux
chasseur se mit à rire et s'éloigna avec ses chiens.

Peu de temps après, je l'avais perdu de vue; tandis
que je m'assurais de la justesse de mon fusil, j'entendis
un craquement qui semblait sortir d'entre les branches
du grand chêne, à six ou huit mètres duquel je me tenais;
je tournai les yeux de ce côté, et quel ne fut pas mon
étonnement lorsque je vis étendue le long de l'une des
grandes branches du tronc de ce vieil arbre, à une tren-

taine de pas du sol, une énorme panthère qui me regardait avec férocité.

C'était la première de ces vermines (1) que je voyais vivante, dans les forêts américaines, et l'impression que j'en éprouvai fut loin d'être agréable.

J'avais devant moi un érable qui se trouvait placé entre l'animal et moi, et j'avoue que je me sentais très-satisfait qu'il en fût ainsi. Je n'ai jamais compris que la panthère ne m'ait fait aucun mal!...

L'animal voulait sans doute me laisser tranquille, à la condition que je ne le dérangerais pas; de mon côté, je l'avoue, je n'aimais pas la façon dont elle me regardait.

J'épaulai la carabine du vieux Peter sur un des côtés de l'arbre; ma main tremblait même un peu, tandis que j'ajustais l'animal à la tête; je n'étais pas assez fou pour faire feu avant d'avoir retrouvé mon assurance, car je savais d'une façon certaine qu'en conservant mon sang-froid je pouvais, de l'endroit où je me trouvais, lui planter une balle entre les yeux.

Je l'ajustai donc de près, et rassuré à la fin, je lâchai la détente.

La panthère bondit directement vers moi et tomba morte à quelques mètres, le crâne fracassé par ma balle.

— Hallo! me dis-je en me baissant pour ramasser mon fusil, le vieux Peter ne pensait pas que cette maudite créature était si près de nous, quand il m'a recommandé de faire feu seulement sur une panthère ou un énorme daim.

Après cet exploit, je me sentis l'homme le plus fier et le plus orgueilleux du Shatagu.

(1) Terme très-fréquemment usité par les Américains pour désigner les carnassiers.

J'étais occupé à examiner la bête que je venais d'abattre, quand j'entendis, de très-loin, dans les bois, la voix du limier, grave et comme contenue d'abord, s'élevant de nouveau un instant après.

Ses aboiements se rapprochèrent de plus en plus, jusqu'au moment où les deux chiens poussèrent ensemble des cris furieux et continus.

Je reconnus alors que la chasse allait bon train.

Il est inutile, je pense, Monsieur, fit Tucker, de vous parler de l'harmonie singulière que produisent les voix réunies de deux chiens courants dans les forêts profondes, par une matinée silencieuse.

Il n'est pas nécessaire non plus que je vous explique la façon dont elles retentissent sur les montagnes, et d'un côté à l'autre d'un lac tranquille.

Elles éclatent comme des trompettes dans les ravines et les profondeurs, pour remplir l'air de leurs notes joyeuses.

Les chiens galopaient au loin du côté de l'ouest.

Le bruit de la chasse s'affaiblit alors de plus en plus, à mesure que l'animal de meute et les limiers s'éloignaient, jusqu'à ce qu'enfin il cessa entièrement dans le lointain. Le silence n'était troublé que par le faible murmure de la brise du matin, qui passait à travers les feuilles et les agitait mollement.

Au bout de quelques minutes, j'entendis de nouveau les aboiements des chiens se ralentir dans le lointain et mourir ensuite dans l'espace; on eût dit le son d'une flûte quand l'atmosphère de la nuit est calme.

Ces aboiements devinrent plus retentissants et plus distincts au moment où les chiens passèrent sur une cime éloignée.

Je me tenais caché, comme je l'ai déjà dit, à la tête d'un ravin, ou plutôt d'une vallée peu profonde mais très-large. A droite et à gauche, la crête de la montagne s'étendait comme un fer à cheval, et dans l'intérieur de cette courbe on apercevait une cavité très-boisée.

J'entendis de nouveau les chiens aboyer joyeusement tandis qu'ils traversaient cette crête fort au-dessous de moi, et leurs cris étaient répercutés par une sorte d'écho.

Ces accents joyeux cessèrent de nouveau quand les chiens se précipitèrent dans l'entonnoir qui s'ouvrait devant moi, et il me sembla qu'ils remontaient comme un faible écho des profondeurs de ce ravin touffu.

Le bruit retentit plus furieux et plus fort, lorsque la chasse, changeant de direction, passa rapidement dans la vallée. Il augmentait de plus en plus, et je ne tardai pas à percevoir les bonds mesurés d'un daim qui s'élançait sur la crête où je me trouvais, à environ quarante mètres de moi. Tout-à-coup, l'animal changea de direction, et un autre énorme daim sortit avec rapidité d'un fourré de broussailles qui l'avait caché jusqu'alors, et se dirigea vers l'endroit où j'étais placé.

Je me trouvais prêt, et quand la bête fut à une bonne portée de fusil, je fis feu.

Je la vis bondir en l'air et retomber sur le sol; deux secondes après, je lui passais mon couteau de chasse à travers la gorge, et son agonie se terminait ainsi rapidement.

C'était un admirable animal, et quoique j'en aie souvent tué depuis lors, j'en ai rarement abattu d'aussi gros que celui-ci.

Au même moment, les chiens passèrent près de moi en donnant de la voix à pleins poumons; ils se dirigeaient vers l'endroit où se trouvaient les New-Yorkers.

Deux daims avaient dû être lancés par les limiers, ils avaient dû fuir ensemble jusqu'au moment où ils atteignaient la crête où je me trouvais; l'un d'eux changeait alors tout-à-coup de direction pendant que l'autre poursuivait sa course.

Deux coups de feu se succédèrent rapidement, quelques minutes après les aboiements des chiens cessaient, et je reconnus que la chasse était terminée.

Je descendis aussitôt du côté des voyageurs, que je trouvai enchantés et examinant un superbe daim qu'ils avaient abattu en tirant ensemble de telle façon que l'un d'eux l'avait seulement blessé, tandis que l'autre l'achevait.

Ils s'étaient imaginé que leur bête avait passé devant moi et que je l'avais manquée.

Sur ces entrefaites, le vieux Peter arriva. Il avait entendu mon premier coup de feu et supposé, par conséquent, que j'avais tiré sur quelque menu gibier.

Le vieillard rejoignit les New-Yorkers et voulut d'abord se moquer de moi.

— Venez, lui dis-je, en le prenant par le bras, suivez-moi, et je vous montrerai ce qu'un novice est capable de faire.

Je le conduisis aussitôt à l'endroit où mon daim gisait, et vous eussiez eu plaisir à voir les yeux grands ouverts du bonhomme, tandis qu'il tournait et retournait la bête en tous sens.

— Joé, me dit-il en me tendant la main, je veux être écorché vif si vous n'avez pas agi comme un homme. J'ai poursuivi ce même daim depuis deux ans, et c'est le plus vieux du Shatagu.

J'entraînai alors mon vieux camarade vers l'endroit où gisait la panthère.

— Que dites-vous de ceci? lui dis-je encore; vous m'avez dit de tuer une panthère et un gros daim, j'ai suivi vos instructions.

Le vieillard me prit par le cou et me serra dans ses bras; à partir de ce moment, je devins pour lui un fils bien-aimé.

Je lui ai entendu bien souvent raconter cette histoire, et jamais il n'a oublié de rappeler que c'était moi qui avais tué la panthère et le gros daim.

CHAPITRE XII.

Un abri contre l'orage. — L'étonnement d'un ours. — Un hôte inattendu.

— Tucker, dis-je à mon guide, quand il eut fini son histoire, m'est avis que vous chassez quelquefois avec autre chose qu'un fusil, c'est-à-dire que vous me contez ce que nous appelons, à la ville, des exagérations ou des fanfaronnades.

— Oh! Monsieur, reprit-il, je n'ai pas l'intention de prétendre ignorer ce que vous voulez dire; mieux encore, je n'aurai pas la pensée de m'en formaliser, mais vous pouvez être certain que quand je vous déclare avoir vu et fait ceci et cela, c'est la vérité. Je ne nie pas qu'à l'époque où je suis allé visiter les plantations et les défrichements, en me trouvant au milieu des jeunes gens qui ont la prétention de savoir beaucoup, je n'aie am-

plifié un peu les choses, afin de les rendre plus importantes que la réalité ne m'y autoriserait peut-être.

Je leur ai raconté avoir tué un daim qui pesait quatre
cents, et qui avait environ quinze ou vingt andouillers à
une corne ; mais c'était toujours avec l'intention d'humi-
lier la suffisance des garçons qui prétendaient connaître
parfaitement ce qui se passe dans les bois, et qui men-
taient en toute connaissance de cause.

Laissez-moi vous dire, Monsieur, que vingt années
passées dans la contrée du Shatagu et au milieu des
Adirondacks font connaître à un homme qui étudie et
réfléchit, un grand nombre de faits curieux qu'il ne peut
s'empêcher de raconter, et quand il en parle même tout
simplement, tout en ne disant que la vérité, il acquiert
la réputation d'un hâbleur.

Entre le vieux Peter Meigs et moi, la vérité ne fut
jamais dénaturée.

Tous ceux à qui il servait de guide dans les bois pouvaient être certains que, si étrange que pût leur sem-
bler l'histoire qu'il leur racontait, elle était vraie comme
l'Evangile.

Quelque fier qu'il fût des connaissances qu'il possédait
sur les mœurs des animaux sauvages, il avait pour
principe de ne pas tromper l'homme qui avait confiance
en lui.

Nul ne peut l'accuser d'être revenu d'une excursion
entreprise en sa compagnie sans être devenu plus pru-
dent, grâce à ses conseils, et sans se sentir plus instruit
sur les choses relatives aux lois de l'Amérique du Nord.

Seulement, lorsque Peter Meigs se trouvait au milieu
des habitations, il était tout autre, il ne se faisait pas
faute de débiter des exagérations, dans la seule inten-

tion de mystifier tous ces niais et d'avoir le plaisir de se moquer d'eux.

Je me souviens d'être allé une fois avec lui à Plattsburg, où nous passâmes toute la nuit dans une taverne.

Dans la soirée arrivèrent quelques hommes revenant d'une excursion sur le Shazée, et dont la chasse et la pêche avaient été assez heureuses, bien qu'ils connussent peu le métier de forestiers.

Les histoires qu'ils racontaient étaient étranges. Ils se firent même un jeu de les débiter au vieillard et s'amusèrent à le faire causer pour voir ce qu'il savait des bois et du monde sauvage.

Rien ne fut plus facile que de lui délier la langue, et Peter se prêta à leurs désirs avec une bonne grâce surprenante.

Moi qui connaissais la grande véracité du vieillard sur tout ce qui était relatif aux forêts, je tins pour nouveau et extraordinaire les discours qu'il tenait, vu que je n'avais jamais ouï de pareils mensonges sur la chasse et la pêche.

Tout-à-coup, le clignement d'un de ses yeux me fit comprendre que ce n'était pas à mon intention que Peter mentait; je me pris à sourire intérieurement, car je n'avais jamais entendu le vieillard inventer de pareilles histoires avant ce soir-là.

Je me souviens entre autres que l'un des contes qu'il leur fit, en terminant, fut celui-ci :

— Je me trouvais il y a quatre ans, disait-il, parmi les Saranacs, éloigné de quatre ou cinq milles de ma cabane, quand éclatèrent à la fois un vent et une pluie d'orage, accompagnés de coups de tonnerre et de nombreux éclairs.

Jamais mortel n'avait assisté à un semblable déchaîne-
ment des éléments.

Vous auriez dû être là, mes gars, leur disait-il, pour
écouter le tonnerre gronder et rugir dans l'espace, frappant de ci de là sur les cimes de rochers des Adirondacks. Les éclairs brillaient et flamboyaient en effleu-
rant le sol, et s'élançaient du haut des nuages dans les
grands arbres, dont ils réduisaient les branches en un
millier de petits éclats. Les bois mugissaient et la terre
était bouleversée par un épouvantable fracas. On eût dit
que la nature était retournée au néant, et que le chaos
reparaissait encore.

Que je meure d'un coup de feu si je ne fus pas épouvanté, cette fois-là.

En regardant autour de moi, j'aperçus sur un terrain
bas et marécageux le tronc creux d'un sycomore déra-
ciné, et je me dirigeai de ce côté, dans l'espoir de pouvoir me glisser là et d'y être à l'abri de la pluie et hors
de l'atteinte des rochers qui roulaient et des branches
d'arbres qui tombaient par éclats.

Tout en essayant de traverser le marais, j'enfonçais
jusqu'aux genoux dans une sorte de terre glaise, blanchâtre comme de la peinture à l'huile ; mes bottes se
trouvaient recouvertes d'une couche épaisse à ce point
qu'on eût dit que j'avais fourré mes jambes dans un pé-
trin rempli de pâte de farine.

Je réussis pourtant à me glisser dans le trou, et croyez
bien, mes garçons, que ce n'était pas une trop mauvaise
place pour le moment. Je me couchai là aussi confortablement que possible, et m'y tins à l'abri pendant une
demi-heure.

L'orage grondait toujours avec une violence de plus

en plus grande, et en l'écoutant rugir autour de moi je me dis de nouveau que le creux d'un arbre était un refuge par une pareille tempête.

Tout-à-coup, la cavité dans laquelle je me réfugiais s'obscurcit, et un être se présenta à l'orifice en grognant, puis il se glissa dans l'intérieur et vint se serrer vers l'endroit où j'étais couché.

— Bon Dieu !... qu'est-ce que cela peut-être ? pensai-je aussitôt. Un instant après je pus voir, à la lueur d'un éclair qui illumina tout autour de moi, un ours énorme qui s'était fait le commensal de ma cachette.

Je n'éprouvai aucun effroi, car je savais bien que l'animal terrible ne me savait pas là ; d'autre part, comme un ours entre toujours à reculons dans un trou, la tête de maître Martin n'était pas tournée de mon côté.

Je me souciais peu de lutter contre la bête, particulièrement à cet instant, car si je le tuais dans la cavité où nous nous trouvions, je ne voyais pas trop comment je pourrais sortir du tronc de l'arbre.

Au moment où l'ours s'avança vers moi et à reculons, je redressai mes jambes, et quand il fut assez proche, je lui envoyai un coup de botte dans le bas des reins avec une telle violence, qu'il dut être fort surpris. Si jamais animal fut étonné sur la terre, soyez sûrs que ce fut cet ours, et la manière dont je l'expulsai de mon domicile fut réellement curieuse.

Tandis qu'il grognait et se trémoussait en dehors à côté du trou, je me glissai à sa suite en me traînant sur les coudes, et me relevant à l'instant, je lui adressai dans les reins tant de coups de pieds, que je le lançai comme un boulet de canon à une vingtaine de pieds loin de moi.

Là! lui dis-je, vilaine bête qui marches à reculons, retourne à ta caverne et ne t'introduis pas dans les maisons des honnêtes gens.

Maître Bruin ne s'arrêta ni pour me répondre ni pour me questionner, mais il se dirigea de son meilleur pas vers le Shatagu, et je suis persuadé qu'il ne sût jamais qui l'avait si bien houspillé et chassé hors du tronc d'arbre.

Il se portait ainsi vers les lacs Saranacs, et fut tué le lendemain, à quarante milles vers le bas Shatagu.

Le chasseur qui l'avait occis me le montra, et je reconnus que c'était le même ours, car il portait encore les empreintes blanches de mes bottes sur le poil aussi visibles que si on les avait peintes à l'huile.

Si vous ne me croyez pas, ajouta le vieillard, vous pouvez interroger Joé Tucker, en me désignant, car c'est lui qui l'a tué.

Je ne voulus pas naturellement contredire cette histoire, et les chasseurs qui nous entouraient y ajoutèrent foi.

A différentes reprises, depuis ce soir-là, j'ai rappelé au vieux Peter Meigs l'histoire de l'ours dont il avait peint le cuir avec ses bottes dans le trou de l'arbre.

La ligne que nous suivions sur le lac était tout simplement à quelques mètres du rivage, et nous pouvions facilement observer les petites baies et les cours d'eau qui se jetaient là au milieu des roseaux.

Il y a, le long de la côte du haut Saranac, des sites charmants dont le pittoresque surpassait tout ce que nous avions vu, Tucker et moi, depuis le commencement de notre excursion dans les forêts; ce paysage méritait d'être admiré plus attentivement.

Il faut avoir vu une fois dans sa vie cette luxuriante nature autour des lacs, pour être à même de l'appréciér; j'ajouterai qu'il est indispensable d'être amateur de la vie des bois et d'aimer à se trouver dans la solitude, loin de ces mille voix qu'on entend dans les rues des pays habités, pour goûter quelque charme sauvage, et pour entendre ces bruits sans être effrayé.

Ceux qui, pour l'amour du plaisir, se soumettent aux privations, aux fatigues et à beaucoup de gêne dans l'intérieur des villes, ajouta Tucker, doivent être également forts et d'un tempérament solide.

L'étudiant dont le corps est énervé par l'atmosphère brûlante et corrompue des villes et par les travaux intellectuels de sa profession, se sentirait bien plus robuste, son corps serait bien plus vigoureux et son pas deviendrait chaque jour bien plus agile, s'il respirait l'air frais et pur des lacs et des montagnes. Chaque goutte de sueur arrachée à ses pores par la fatigue d'une course dans les bois, arracherait une parcelle de son mal. La nuit, il dormirait d'un sommeil calme et paisible, sur son lit de branchages, et quand il se lèverait le matin, il serait dispos et rempli d'énergie.

Ce jeune homme, rétabli, réconforté, trouverait ses aliments délicieux, et sa digestion serait excellente. L'augmentation de son appétit l'étonnerait, et après quelques semaines d'une activité fatigante, mais remplie de gaîté, dans les forêts, il reviendrait chez lui meilleur et plus sage, plein d'une vigueur nouvelle et entretenant l'espérance d'une plus longue vie.

CHAPITRE XIII.

**L'orage en perspective. — Les grenouilles sur les arbres. —
Un jour de pluie en plein vent.**

La brise nous avait poussés vers la seconde île. Nous
pénétrâmes dans une petite baie, où nous demeurâmes
quelque temps pour admirer le paysage qui nous entourait.

— Monsieur, me dit enfin mon guide, pendant que,
pour mieux jouir de la fraîcheur et de l'ombrage, nous
restions couchés sur le gazon de cette petite baie, il m'a
toujours semblé que l'homme pense davantage et d'une
façon plus juste, au milieu des bois, en voyant les
créatures sauvages et les choses de la nature, que lorsqu'il se trouve dans les endroits habités ou les villes;
c'est ici, en face de la solitude, qu'on devient ce que vous
appelez un philosophe; c'est ici qu'on se sent poète naturellement; quoiqu'on ne puisse pas écrire des vers, ni
cadencer des rimes, l'homme placé dans cette position
n'en est pas moins un poète par le cœur et par les sentiments. Il voit dans le désert des choses qui le portent
à réfléchir et à s'enquérir de leur nature. C'est en pen-
sant et en s'instruisant que les gens deviennent sages.
L'expérience est certainement une excellente chose,
mais l'homme ferait peu de progrès, s'il ne cherchait
pas à approfondir ce qui se passe autour de lui. Qu'un
trappeur vienne dans ces bois, et qu'il y bâtisse sa cabane, il la couvrira d'écorces de façon que la pluie puisse

glisser sur son toit, en examinant au sud-ouest un
nuage noir autour duquel brillent les éclairs.

D'autre part, voici venir au même endroit un voyageur qui examine le ciel sans nuages; demandez-lui s'il
pleuvra dans la matinée ou si le jour sera humide;
vous verrez si ce qu'il vous répondra se réalisera jamais.

Vous, par exemple, Monsieur, ajouta Tucker en souriant, vous qui êtes peut-être à New-York un médecin
ou un habile avocat, vous n'avez pas deviné que nous
aurions besoin d'un refuge, d'un abri avant que la matinée soit écoulée; vous ne vous imaginez point que
nous ne quitterons pas cette place aujourd'hui, à moins
toutefois qu'il ne vous paraisse agréable de courir les
bois malgré la pluie; quant à moi, j'ai deviné tout cela,
et si vous désirez apprendre comment cette science m'est
venue, je vais vous le dire.

Tenez, Monsieur, écoutez la grenouille terrestre
chanter joyeusement parmi les branches des arbustes
rabougris qui croissent sur les rochers le long du rivage; ces coassements annoncent la pluie.

Ecoutez encore le siffleur à la voix claire et retentissante, comme il trille là-bas dans le silence; c'est la
première fois que ces chants frappent nos oreilles depuis que nous avons quitté le lac indien, et son ramage
signifie :

Il va pleuvoir.

Attention encore : vous n'entendez pas un frémisse-
ment parmi les feuilles et les branches des arbres, mais
une sorte de gémissement lointain et profond qui ne
ressemble en rien au craquement des grands arbres les
uns contre les autres; c'est un bruit qui ne semble pas
exactement en être un, un murmure qu'on ne saurait

8

définir; nul ne pourrait dire de quelle direction il vient, si c'est de droite ou de gauche. Il semble être éloigné, et cependant on serait tenté de croire qu'il est tout près. En tous les cas, ce bruit court à travers la forêt et nous environne.

Toutes ces voix mystérieuses disent :

Il pleuvra.

Regardez cette volée de jeunes canards fuyant sur les eaux du lac; examinez la façon dont ils plongent leur tête sous l'eau, pour la renverser ensuite sur leur dos, voyez comme leur mère se soulève souvent sur ses pattes en battant des ailes comme pour prendre son vol; ces canards aussi annoncent clairement la pluie.

Examinez cet arbuste, le basswood (1), là devant vous; ses feuilles agitées se soulèvent et tournent leur côté brillant vers le soleil, dont les rayons font étinceler la cime de l'arbre comme si c'était une masse d'argent. Le basswood aussi me prouve qu'un orage se prépare.

A l'avant du canot, Schalk lui-même a des mouvements inquiets, il se pelotonne sur lui-même au fond de la barque, et un moment après s'être ainsi arrangé pour dormir, il se remet sur ses pattes et hume les senteurs du lac, en nous regardant comme pour nous dire : Il pleuvra bientôt.

Eh bien! Monsieur, c'est en observant toutes ces choses et en les rassemblant dans sa mémoire, qu'un homme des forêts finit par les comprendre.

Je ne prétends pas que cette science soit très-importante, indispensable à l'homme, mais elle démontre que toutes les connaissances humaines ne sont pas seule-

---

(1) Sorte d'arbre qui se trouve aux États-Unis, et dont les propriétés sont pareilles à celles de la sensitive.

ment renfermées dans les livres ou dans la tête des professeurs des écoles.

Un novice qui chasserait sans avoir été prévenu, aussi bien dans le vent qu'à son encontre, serait surpris de ne pas apercevoir de daims ; il ne comprendrait rien à cette mauvaise chance ; mais moi je pourrais lui en apprendre la cause, et la voici : un daim peut sentir un homme à vingt et souvent même à quarante mètres, quand celui-ci s'avance dans la direction du vent, et alors l'animal se gardera bien passer du côté du chasseur ; au contraire, si celui-ci s'avance dans la direction opposée, le gibier ne le sentira point, arrivera sur lui et deviendra certainement la victime de son ennemi bipède.

Regardez, Monsieur, comme cette volée de jeunes canards a disparu tout-à-coup. Là ! on n'en voit plus un.

Un homme qui ne serait pas accoutumé à leurs façons s'imaginerait que ces oiseaux se cachent parce qu'ils nous ont aperçus ; mais quand ce fait se présente à mes yeux, je regarde aux alentours pour voir si je n'aperçois pas un aigle. C'est toujours le cas, et je suis certain d'en apercevoir planer un bien haut, bien haut dans l'immensité du ciel.

Ces faits-là, Monsieur, me dit Tucker, que j'écoutais parler en admirant la science de cet homme à moitié civilisé, sont peu de chose par eux-mêmes, mais ils font méditer et penser. C'est de cette façon qu'un trappeur, un pionnier, acquiert une certaine expérience. Ce savoir ne paraîtrait peut-être pas très-utile à ceux qui s'occupent de commerce dans les villes ; mais ici, dans le Shatagu, il est de la plus haute importance, et d'ailleurs il ne peut nuire nulle part à un homme de sens.

J'ai entendu dire qu'il y a un grand nombre d'années, un homme était assis à l'ombre d'un pommier, quand un des fruits de l'arbre tomba sur le sol. Il se demanda alors pourquoi, au lieu de tomber à terre, la pomme ne remontait pas vers le ciel. Tout en réfléchissant et en méditant, il bâtit là-dessus un système de philosophie, qu'on a toujours depuis ce temps enseigné et expliqué dans les écoles, et à l'aide duquel la société humaine a acquis de nombreuses connaissances qu'elle ne possédait pas auparavant.

C'est à force d'étudier et d'observer qu'on a inventé les machines à vapeur, le télégraphe, la locomotive, les chemins de fer, les steamers, les mécaniques et mille autres inventions qui immortaliseront le siècle dans lequel nous vivons.

Ces inventions, je l'avoue, m'intéressent fort peu, car je n'aime pas la manière de vivre de la plupart des hommes. Je préfère de toute façon les forêts aux établissements et aux villes.

Mes besoins sont très-modérés, et je ne tiens nullement à devenir riche. N'importe! toutes ces découvertes me font plaisir, parce qu'elles aident mes semblables. Les forêts du Shatagu seront debout aussi longtemps que moi, et j'y resterai jusqu'à la mort ; mais pour les gens qui ne se plaisent pas dans les bois, et qui ont besoin de voyager, ces inventions sont d'une haute importance.

Je me souviens d'être descendu une fois dans le bas Shatagu, avec un homme de Montréal, qui n'était ni chasseur ni pêcheur, ce qui ne l'empêchait pas de se plaire infiniment au milieu des forêts. Nous fîmes le tour du lac, et cette excursion dura une semaine entière.

Il frappait en marchant à l'aide d'un marteau les pierres les unes après les autres, examinant avec soin la nature de chaque rocher. D'autre part, il étudiait les fleurs en en cueillant un grand nombre, qu'il pressait entre les feuillets d'un grand livre. Ce voyageur faisait peu de cas des daims, mais il tirait avec un fusil à deux coups sur tous les oiseaux qu'il apercevait à sa portée.

Lorsqu'il tenait dans ses mains ce qu'il appelait une espèce rare, il l'écorchait délicatement et mettait cette dépouille de côté, pour l'empailler, disait-il, quand il serait rentré chez lui.

Mordieu! Monsieur, tout en bavardant j'avais oublié ce que j'avais l'intention de vous raconter ; j'y reviens, et m'y voilà :

Nous étions un jour sur le lac, ce voyageur et moi, il faisait très-chaud, et le soleil se levait clair et brillant, à peine si un souffle de brise traversait l'espace.

Lorsque nous fûmes de retour, vers midi, à la cabane que j'avais élevée, il examina une machine qu'il avait accrochée contre la paroi de notre abri, et me dit d'un ton sérieux :

— Ami Tucker, nous allons avoir de la pluie, et vous feriez bien de radouber un peu le toit de notre hutte.

Je n'avais pas remarqué les signes qui précèdent le mauvais temps, et mon voyageur se montrait plus habile que moi en prédisant un orage.

Je sortis alors, et je regardai autour de moi, puis j'écoutai, et je fus à peu près certain qu'il ne s'était pas trompé.

Le voyageur examina de nouveau sa machine, qui lui annonça clairement ce qui allait advenir.

Je ne me souviens pas précisément du nom que portait cette boîte mystérieuse; vous le savez, peut-être, Monsieur, fit Tucker. En tous les cas, j'ai toujours pensé que cet homme dont j'étais le guide avait dû beaucoup étudier et approfondir la nature des choses, puisqu'il était parvenu à inventer une machine pouvant prédire l'orage.

Tucker cessa de parler, nous sortions de la petite baie, et il continua de ramer.

Par bonheur une brise légère et rafraîchissante ridait la surface du lac; aussi je me tenais dans le fond du canot, tenant en main une branche de pin garnie de son feuillage, de façon à ce que la brise trouvant un obstacle, ce rameau nous servît de toile.

Dans l'après-midi, une brume survint qui obscurcit l'horizon; on eût dit un voile semblable à de la gaze légère interposé entre la terre et le ciel.

Une auréole entourait le soleil, les grenouilles des arbres chantaient plus fort que jamais, les halbrans prenaient des ébats joyeux; tous les signes annoncés par mon guide se manifestèrent à mes yeux.

Nous débarquâmes entre quatre et cinq heures sur la troisième île. Tucker avait désigné cet endroit pour y construire une hutte et nous y mettre à l'abri de la pluie, qui allait certainement bientôt tomber.

Nous choisîmes pour emplacement le tronc d'un gros arbre abattu, puis nous procurant deux branches four- chues d'environ trois pouces de diamètre, nous les as- sujétîmes solidement dans la terre à peu près à dix pieds du log-house, à huit pieds l'un de l'autre.

En travers de celles-ci nous plaçâmes dans les four- ches une perche à la hauteur de cinq pieds du sol. Nous 'assujétîmes encore dans chaque fourche de la hutte d'autres traverses qui devaient servir de solives.

Cela fait, Tucker étendit en travers de ces branches deux autres perches, à une distance de deux pieds l'une de l'autre.

Mon guide dépouilla ensuite de leur écorce les bouleaux qui nous entouraient et façonna de cette façon un toit aussi impénétrable à la pluie que s'il eût été composé de tuiles. Les extrémités étaient fabriquées avec des branches pour garantir les côtés de notre hutte contre l'humidité.

Derrière cet abri champêtre, Tucker creusa une large tranchée destinée à recevoir l'eau qui dégoutterait de notre toit. Deux heures avaient suffi pour élever un abri sûr contre la pluie, qui maintenant pouvait tomber quand cela plairait à Dieu.

Nous avions ramassé une grande quantité de ciguë et de branches de sapin, pour nous servir de lit, et coupé du bois en quantité, pour alimenter notre feu.

C'était une chose indispensable, non point pour nous chauffer, mais pour nous garantir des morsures des insectes, qui, sans cette précaution, nous eussent dévorés.

Lorsque ce travail fut terminé, mon guide, suivi de Schalk, se dirigea vers l'intérieur de l'île, la plus vaste parmi celles du haut Saranac.

Je l'entendis un instant après son départ, crier à son chien :

— Allons, cherche ! cherche ! comme il le faisait lorsqu'il voulait lancer l'animal sur une piste.

Tucker me rejoignit ensuite, et nous ramâmes tranquillement en descendant le lac, nous dirigeant vers un endroit éloigné d'à peu près cinquante mètres, où se terminait une chaîne de mamelons à quelque distance du rivage.

Nous passâmes de ce côté, près du bord, sous les branches d'un bouleau qui s'élançait presque horizontalement du milieu des rochers.

L'endroit en question se trouvait à une demi-lieue de l'île où nous nous étions arrêtés, et en était séparé par la portée la plus étroite du lac. Nous étions postés en cet endroit depuis quelques minutes seulement, quand les aboiements de Schalk frappèrent nos oreilles. Au même instant un daim parut, faisant craquer les branches des taillis, poursuivi chaudement et de très-près par le chien.

Le daim et Schalk tournèrent autour de l'île, et les aboiements du limier s'éteignirent dans l'éloignement.

Au bout de quinze minutes, les aboiements frappèrent de nouveau nos oreilles.

Le daim, poursuivi par le chien, s'élança à travers les taillis. Le premier passa auprès de moi, rapide comme une flèche. Lorsqu'il arriva vers la pointe derrière laquelle nous nous trouvions, il se jeta en avant et plongea dans le lac.

Nous désirions, Tucker et moi, nous emparer de ce daim ; nous lui laissâmes donc quelques mètres d'avance pour nous élancer à sa poursuite.

Avant de quitter notre cabane, mon guide avait coupé une perche très-longue et flexible, pareille à une canne à pêcher, au bout de laquelle il avait formé un nœud coulant assez large pour que la tête d'un daim y passât. Il jeta cette espèce de lacet dans le canot au moment où nous quittions la rive.

J'ai décrit dans d'autres chapitres une chasse au daim

sur l'eau, je ne vois donc pas la nécessité de recommencer ici cette description.

Cette fois, cependant, la poursuite fut plus sérieuse.

Au moment où nous passions près de l'animal, mon guide lui lança le nœud d'osier sur la tête, et tandis qu'il luttait avec décespoir, il l'attira à portée de son couteau de chasse et le lui passa à travers la gorge.

Quelques minutes après, il était mort.

Nous hissâmes le daim dans notre canot, et nous reprîmes la direction de notre hutte. Quand Schalk nous vit partir, il nous suivit en trottinant gaiement le long de la rive, pendant que notre embarcation avançait. La nuit était survenue, nuit sombre, sans lune, éclairée cependant par des milliers d'étincelles produites par les mouches de feu qui projetaient sur l'eau la lueur passagère de leurs torches microscopiques.

Les grenouilles coassaient autour de nous, les hibous jetaient leur cri lugubre du haut des branches sur lesquelles ils se tenaient perchés, au milieu de l'épais feuillage, au moment où nous nous jetions sur notre lit de fourrage pour reposer. Le sommeil ne tarda pas à appesantir nos paupières.

Je m'éveillai vers deux heures du matin, la pluie fouettait le toit de notre cabane et tombait par grosses gouttes sur les feuilles des arbres. C'était un bruit doux et agréable que celui que formait l'eau qui glissait sur la hutte et disparaissait parmi les feuilles mortes.

Les grenouilles s'étaient tues et le bruit de la forêt cessa tout-à-fait. Je m'abandonnai de nouveau au sommeil et je dormis une heure de plus que je ne l'avais encore fait depuis que je parcourais les bois avec Tucker.

Celui-ci était debout depuis le lever du soleil, lorsque

je m'éveillai, il s'occupait à préparer le déjeuner. Tandis que je dormais, Tucker avait pêché quelques belles truites qu'il faisait griller sur les charbons, en compagnie d'une tranche de venaison.

La pluie ne cessait point, et une brise incessante, quoique très-faible, chassait devant elle les nuages chargés l'eau. Tout présageait une journée très-humide.

CHAPITRE XIV.

Découvertes dans un pays inconnu. — Le Métis et sa famille.

Nous demeurâmes toute la matinée, jusqu'après le déjeuner, à l'abri de notre toit rustique, fumant notre pipe et écoutant la petite pluie glisser sur notre couverture d'écorce, tandis que les grosses gouttes ruisselaient à travers le feuillage de la forêt.

— Cette journée pluvieuse est très-favorable pour vous et pour moi, Monsieur, me dit enfin Tucker, qui avait jusque-là gardé le silence.

Elle nous procure un repos plein de charme et nous montre la forêt revêtue d'une nouvelle toilette. Nous avons passablement marché depuis notre départ, et nous avons besoin d'un temps d'arrêt pour respirer à notre aise.

Quant à moi, ce n'est pas chose très-utile que le repos, car je suis accoutumé à la fatigue et je fais peu attention à un voyage de quelques jours; mais vous avez été élevé dans une ville où les gens n'ont pas l'habitude de pareilles excursions, et vos jambes ne pourraient pas, sans une grande pratique, franchir une distance semblable à celle que les miennes parcourraient.

Vous avez supporté courageusement la fatigue, et je vous avoue, Monsieur, que lorsque nous sommes partis, j'avais mis dans ma tête de vous faire marcher de telle façon que vous seriez obligé de demander grâce, mais je me suis abstenu, et aujourd'hui je vois bien que je ne pourrais vous harasser.

Vous êtes doué d'une énergie qui n'est pas commune chez les gens des villes.

—La raison en est, mon cher Tucker, lui répondis-je, que bien que j'aie été élevé douillettement à la ville, je n'en ai pas moins passé ma jeunesse au milieu des champs, dans mon vieux pays d'Europe, au sein d'une contrée tout aussi sauvage que votre Shatagu, quoique d'une nature différente.

Il y a peu de temps encore, sur une plantation où je demeurais, je portais bas un daim en une demi-heure sans trop me donner de mal. J'ai pris plusieurs de ces animaux en pagayant dans un canot, comme nous l'avons fait hier soir. Que de fois j'ai prêté l'oreille sur les montagnes aux aboiements des chiens. Je ne connaissais rien alors des ours et des panthères, parce qu'ils ne fréquentaient point cette partie de la contrée.

Je me rappelle cependant, il y a huit ans, m'être trouvé aux environs du lac Tordu, dans le vieux comté de Steuben, au milieu d'une profonde solitude, telle que l'est aujourd'hui le bas Shatagu. La maison de mon hôte et les terrains qui l'environnaient étaient les seuls cultivés à quinze milles à la ronde, le long des rives de cette nappe d'eau. Il fallait faire quatre lieues pour aller chercher un médecin, et trois et demie pour nous rendre au moulin. Désirions-nous visiter un voisin, nous étions obligés de franchir une route assez longue, et la maison de mon ami se trouvait à l'extrémité de la route praticable. Je suis plus jeune que vous, Tucker, et pourtant, quand j'ai quitté cette contrée, il y a huit ans, comme je vous l'ai dit, un homme robuste et bon marcheur eût eu de la difficulté à me fatiguer au milieu des bois. Le pays dont je vous parle est maintenant une région agricole, très-florissante, sillonnée par des chemins de fer et des routes planes.

— Laissez-moi serrer votre main, Monsieur, reprit mon guide, je n'avais pas l'intention de vous demander votre histoire ; mais que je sois pendu si, depuis que je vous connais, je ne me suis pas toujours douté que vous en saviez plus long sur les forêts et les choses sauvages qu'on n'en peut apprendre dans une ville.

Je ne suis donc pas surpris que vous ayez eu le désir de revenir visiter vos vieux amis, les lacs, les arbres, les torrents, afin d'entendre, en plein désert, toutes ces voix de la nature qui ont bercé votre jeunesse. Cette existence nouvelle ravive un homme, en le reportant vers les affections et les pensées de son enfance.

Qu'il est grand l'intérêt que l'on a à examiner les progrès d'un pays sauvage et nouveau. En m'exprimant ainsi, je ne veux pas parler des nations, ni des gouvernements, car je ne prétends pas connaître ce que les gens instruits appellent la richesse des peuples ; je n'entends pas mentionner l'accroissement du commerce, l'étendue du trafic, ni le progrès des industries manufacturières, mais je parle d'un pays récemment découvert, où les forêts s'étendent de tous côtés et ne sont habitées que par les animaux sauvages, et visitées par

quelques chasseurs errants, tels que le vieux Peter
Meigs et moi.

Voici pourtant venir un courageux Yankee qui s'a-
vance dans les bois, la hache sur l'épaule et la carabine
à la main; il se courbe pour couper les grands arbres.
Il parvient, en marchant à l'aventure dans la forêt, sur
un terrain que le soleil illumine; les troncs d'arbres et
d'arbrisseaux, les broussailles inutiles ont été incendiés,
et un champ de blé ondule à leur place, sous les vents
de l'été.

Bientôt après l'on peut voir debout une hutte devant
le seuil de laquelle une femme est assise, entourée
d'une troupe de robustes enfants qui sautillent en
jouant. Prêtez l'oreille et vous entendrez les coups de
hache du colon qui s'acharne contre les grands arbres
de la forêt; la journée ne se passe pas sans qu'un de ces
géants ne tombe sur le sol avec le fracas du tonnerre.
Les chiens du logis aboient, les poules caquètent et les
canards et les oies gloussent. On peut ouïr le tintement
de la clochette d'une vache au milieu des bois, et le
long des haies les grelots des moutons.

Ce sont là des bruits nouveaux dans la forêt, et les
vieux arbres doivent comprendre que l'heure de leur
chute est venue; et cette transformation se répète à
quelques milles plus loin, renouvelée par un autre
pionnier de la civilisation. Année par année, la limite
des bois est reculée par des clôtures jusqu'à l'endroit où
une colonie en rencontre une autre, et alors l'ordre de
choses antique et primitif disparaît entièrement. Les
maisons de pierre ou de bois remplacent les huttes; on
voit de toutes parts les troupeaux paître au sein de riches pâturages; le bruit de la hache du défricheur de

forêts a cessé, et l'on n'entend plus le fracas des grands arbres qui tombaient sous ses coups. Les prairies en feu, lançant leurs spirales de fumée épaisse vers les nuages, sont des spectacles inconnus maintenant, car les vieilles forêts ont disparu ; et le tintement de la clochette des vaches s'est éteint, car on ne voit plus depuis longtemps ces animaux errer dans la forêt.

Les diligences roulent sur les grandes routes et une locomotive tonne peut-être sur un chemin de fer qui traverse les vallées et les montagnes.

Moi qui vous parle, Monsieur, j'ai vu toutes ces choses dans la contrée du bas Shatagu.

J'étais arrivé en cet endroit, le printemps dernier. Parvenu sur le sommet d'une haute colline, je jetai les yeux sur tout ce pays, qui n'était à l'époque de ma jeunesse qu'une vaste forêt, et du lac Champlain au fleuve Saint-Laurent je n'aperçus rien autre chose que de grandes fermes, de belles maisons, et une quantité innombrable de bœufs, de vaches et de moutons.

Je comptai dix voitures à la fois sur la grande route, et mes yeux suivaient les rails d'un chemin de fer qui s'allongeait, comme un immense serpent, à travers la contrée, tandis qu'une locomotive s'élançait comme un coursier rapide, traînant derrière elle un immense convoi de wagons dans la direction de la pointe de Rouse.

Ce qui préserve la contrée sauvage dans laquelle nous nous trouvons des envahissements de la civilisation, c'est la nature rocailleuse et stérile du sol, et je me réjouis de cet obstacle matériel, car la puissance du travail change entièrement la face d'un pays. Si la civilisation avait passé par ici, il me faudrait dire adieu à ces grandes solitudes sauvages au milieu desquelles un homme échappe à la vue, évite le bruit des lieux habités, et contemple la nature telle qu'elle sortit des mains du puissant créateur, avec tous les animaux et les choses qui lui appartenaient dès les temps reculés.

Ainsi parlait mon trappeur philosophe, et je l'écoutais sans l'interrompre.

Vers onze heures les nuages commencèrent à se dissiper, la pluie cessa graduellement.

A midi, le ciel était parfaitement clair, et nous pûmes alors apercevoir l'azur.

Il était temps de partir.

Nous nous dirigeâmes, en traversant le lac, vers une petite île éloignée de quatre ou cinq milles de notre hutte.

Après être restés quelque temps en cet endroit occupés à poursuivre un daim avec l'aide de Schalk, nous revînmes à la culée du lac.

Une fois là, nous cachâmes notre canot et traversâmes un pont naturel peu élevé jeté sur un petit lac dont les ondes, avec celles de deux autres, formaient le Stony-Brook, un des cours d'eau qui composent la plus grande partie de la rivière Racket.

Sur les bords de ce petit lac nous découvrîmes la hutte d'un sang-mêlé. Cet homme, en compagnie de sa femme, de deux enfants sales, à demi vêtus, dont le plus âgé pouvait avoir six ans et le plus jeune deux, et de deux chiens poilus et de mauvaise mine, vivait solitairement sur les rives de ces eaux encaissées au milieu des montagnes.

Au moment où nous nous approchions de la cabane, les deux chiens s'élancèrent vers nous en hurlant et aboyant; mais la vue des dents de maître Schalk, qui grognait d'une façon peu rassurante, parut refroidir le courage des deux agresseurs, et ils s'enfuirent du côté de leur chenil.

La femme que nous rencontrâmes à la porte de la hutte de son mari nous regarda d'un air hébété. Elle ne comprenait pas un mot d'anglais; son langage, mélangé de français et d'indien, était également inintelligible pour Tucker et moi.

La pauvre créature n'était certainement ni belle ni remarquable pour la propreté de sa personne; son visage et son cou offraient à la vue la couleur d'une semelle de cuir. Quant à ses cheveux à demi peignés, ils semblaient retenus par un cordon serré derrière la tête.

Nous aperçûmes son mari, le sang-mêlé, qui pêchait dans un canot, sur la rive opposée du lac.

Vers le coucher du soleil, cet homme revint. Il parlait un mauvais anglais, mais cela ne nous empêcha pas de nous comprendre très-bien l'un et l'autre.

Nous passâmes la nuit dans sa cabane. Hélas! triste souvenir! Je veux prévenir tout chasseur contre l'imprudence de commettre jamais pareille folie, le cas échéant.

Le sang-mêlé m'offrit un lit assez confortable, fait de plumes de canards et d'autres oiseaux sauvages. Les draps n'étaient pas, il est vrai, de la plus grande blancheur, quoiqu'ils ne fussent pas positivement sales, et pourtant c'était un luxe inutile que celui d'une autre nuit passée dans un pareil lit.

Après avoir pris un bain dans les eaux froides et limpides du lac, je me déshabillai pendant que la femme était dehors, et je me couchai.

Tout allait bien jusque-là, je me sentais parfaitement bien, et je ne tardai pas à m'endormir.

Mais voici le revers de la médaille.

Vers le matin, lorsque je m'éveillai, une myriade de puces et de punaises circulaient autour de moi sur le drap, tandis que d'autres bataillons s'ébattaient sur mon pauvre corps. Mes lecteurs comprendront que je ne demeurai pas longtemps sur ce lit de Procruste.

Sous prétexte de quelqu'indisposition passagère, je jetai à la hâte sur mes épaules un vêtement quelconque et je descendis vers le lac, en rendant grâce à ma bonne étoile de ce qu'il me restait encore assez de ma personne pour pouvoir rafraîchir ces débris dans les eaux pures du lac.

J'ai contre les puces et les punaises une haine implacable; je n'aime pas non plus les moustiques et les mouches noires, mais ces insectes ont du moins quelque respect des convenances, car lorsqu'ils sont rassasiés ils s'envolent et vous abandonnent : bien au contraire, les puces et les punaises sont insatiables. Si ces hideux monstres mangeaient et se retiraient ensuite, on pourrait supporter leur visite; mais ce que je ne puis tolérer, c'est qu'après s'être régalées de votre sang, elles se promènent sans façon sur votre corps.

— Eh! Monsieur, me dit Tucker, qui s'était approché du bord du lac où j'étais assis (et le faquin riait sous cape), qui vous a fait lever si matin?

— Puisse toute la vermine du sang-mêlé être anéantie, m'écriai-je dans ma colère contre ces immondes insectes.

— J'ai couché dans ce lit une fois, me répondit Tucker, et je n'étais pas disposé à vous le disputer hier soir. J'ai

parfaitement dormi sur une botte de paille aussi bien
qu'entre deux draps. Les puces et les punaises de ce pays
ne sont pas d'une espèce commune; elles possèdent des
dents plus longues et une démarche plus lourde que les
autres. Qui plus est, elles se plaisent à se promener plus
longtemps que leurs congénères, avec lesquelles il m'est
parfois arrivé de me rencontrer.

— Mordieu! dis-je à mon guide, vous n'êtes pas loyal,
et vous n'avez pas eu pour ma personne le soin que vous
aviez promis de prendre lors de notre départ. Pourquoi
ne m'avez-vous pas, ne fût-ce que par pitié, raconté le
fait hier soir, vous m'auriez préservé de l'infernal martyre que j'ai eu à supporter?

— A un certain moment, me répondit-il en souriant,
j'ai songé à vous donner le conseil de placer dans votre
lit, à vos côtés, un bâton ou bien encore de glisser votre
couteau de chasse sous votre traversin; mais vous pa-
raissiez tellement enchanté à l'idée de dormir dans un
lit, que je me suis dit qu'après tout vous vous y trou-
veriez peut-être fort bien.

—Maugrebleu! m'écriai-je, quand vous m'avez raconté,
Tucker, avoir rossé un sang-mêlé, sur le lac Indien,
j'ai été d'avis que vous n'aviez pas agi avec justice; mais
à cette heure, me voici convaincu que vous aviez raison. Un homme qui peut supporter chez lui un tel amas
de vermine ne doit pas être blessé d'avoir reçu des
coups de trique. Au diable les sang-mêlés, leurs puces
et leurs punaises.

CHAPITRE XV.

**Le discours du bûcheron. — L'éloquence naturelle d'un homme
perdu au fond des bois.**

Le jour qui suivit notre halte chez le sang-mêlé était
un dimanche, et nous le consacrâmes au repos.

Si solitaire que fût la forêt, et bien qu'on n'y entendît
pas le bruit des cloches des églises, nous n'en comprîmes pas moins que le commandement du respect pour
le dimanche était une obligation même au milieu du
désert.

Nous demeurâmes donc dans notre cabane jusqu'à la
tombée du jour, et nous fîmes alors une promenade sur
les eaux silencieuses du lac, dans le but de jouir de l'a-
gréable brise qui ridait sa surface, comme aussi avec le
désir d'admirer le paysage qui l'entourait.

— Savez-vous, Monsieur, me dit mon guide, que la
forêt, lors de la saison d'été, est loin de faire oublier à
l'homme le créateur de toutes choses, et qu'elle lui impose la pensée du bien au lieu de dévolopper chez lui
ses mauvais penchants?

Quand le chasseur erre dans les bois, parmi les choses
et les créatures sauvages, la nature lui tient lieu de prédicateur, et bien qu'il ne puisse pas écrire ses sermons
ni en répéter les textes, il se fortifie de plus en plus
dans la foi et se sent devenir meilleur.

Le grand arbre de la forêt lui adresse un sermon.

Ce géant de la végétation ne laisse-t-il pas pousser
ses petits boutons, quand arrive le printemps, et n'é-

tend-il pas dans les mois d'été ses grandes feuilles, qui répandent une ombre fraîche quand vient la chaleur de midi?

A l'époque des gelées, ses grandes feuilles se flétrissent et meurent ; puis les vents d'automne les chassent au loin, pour servir d'aliment à la végétation nouvelle qui croît dans les bois sauvages. Le grand arbre lui-même, quand la corruption attaque son tronc et que le ver creuse ses racines, incline ses branches et tombe sur le sol.

Eh bien! les petits boutons, les grandes feuilles, les gelées et les vents d'automne qui les chassent au loin, pour devenir la fécondation d'une végétation nouvelle, tout cela sert de texte au discours que je m'adresse, et le grand arbre qui tombe sur la terre pour y pourrir est l'avertissement qui le termine.

Ces choses-là racontent à l'homme l'histoire de sa propre vie et lui parlent de ses projets, de ses espérances, de ses passions et de sa destinée finale. Les petits boutons eux-mêmes lui rappellent le temps où il était vigoureux et jeune, les mille projets enfantins et les plans puérils de ses débuts dans la carrière.

L'arbre, dans sa maturité, lui rappelle sa vigueur et sa force, sa fierté et sa virilité ; la chute de ses grandes feuilles le fait souvenir que les projets et les plans de l'homme s'effacent et que, l'une après l'autre, ses espérances et ses affections mondaines tomberont autour de lui, si bien que, quand l'hiver de l'âge viendra pour lui, il tombera aussi comme tombe le grand arbre.

Le petit ruisseau qui descend des collines adresse aussi son sermon au voyageur, qui contemple ses eaux claires au cours incessant et coulant toujours en avant, à mesure qu'elles s'échappent de la source secrète dans la montagne. Elles se jettent enfin dans le torrent qui les conduit aux grandes rivières jusqu'au moment où elles se perdent dans le vaste Océan.

La petite fontaine qui alimente le petit ruisseau rappelle le jeune âge. Le torrent qui bondit en cascades et descend les pentes escarpées, riant et jasant dans sa course précipitée, parle de son enfance à l'homme qui réfléchit. La rivière qui s'avance tranquillement lui rappelle son énergie et sa puissance à la force de l'âge, et la chute finale du fleuve dans le grand Océan lui parle de la tombe et de la mort.

Les eaux qui coulent en avant lui disent qu'il n'est point de halte dans le cours rapide de sa vie, et qu'il marche toujours et sans cesse, sans jamais s'arrêter.

Les heures, les jours, les mois et les années passent; le temps s'envole rapide comme les eaux courantes, et comme elles il doit se perdre à la fin dans le grand Océan de l'éternité.

L'écureuil donne aussi d'utiles enseignements à l'homme qui examine ce petit animal, lorsqu'il amasse dans l'été sa provision de noisettes et travaille avec gaîté pour se prémunir contre la stérilité des mois d'hiver.

Ce petit être agile obéissant seulement à un instinct aveugle, l'avertit qu'un grand hiver se prépare et que l'été est le moment propice pour se pourvoir contre les rigueurs des frimas.

Les oiseaux qui chantent joyeusement dans les grands arbres, sont aussi un enseignement pour l'homme, à qui ils apprennent à parcourir gaiement le chemin de la vie, en remerciant Dieu qui répand tant de bénédic-

tions sur la route qu'il parcourt. Ils lui disent que le
Créateur est un être bienfaisant et bon qui les a faits
gais et heureux, qui leur donne la nourriture, les ombres fraîches et les branches feuillues parmi lesquelles
ils se jouent et bâtissent leurs nids. N'est-ce pas lui qui
les a doués de ces voix joyeuses qui éclatent en actions
de grâce quand ils célèbrent ses louanges?

La montagne elle-même, élevant sa cime altière au
milieu des nuages et défiant l'orage et la tempête,
adresse à l'homme sa leçon. Elle lui parle de la puissance, de la majesté et de l'invariabilité des desseins du
puissant Créateur. Elle marque sa force et son pouvoir.

Qui ne craindrait pas celui qui a entassé ces massifs
amas d'impénétrables rocs et qui leur commanda de se
tenir là, à jamais immobiles?

Je ne suis pas un homme éclairé, Monsieur, et je ne
suis peut-être pas, non plus, dans ma foi, ce que le
monde appellerait un orthodoxe, mais l'existence d'un
Dieu grand et bon est aussi solidement établie que la
certitude que je possède d'être vivant en ce moment.

Quand je vois la semence jetée en terre rapporter le
grain, la noix qui tombe sur le sol renaître en un grand
arbre; quand je vois que les animaux vivant dans l'eau
et sur la terre ferme, que les oiseaux volant dans l'air,
sont tous en harmonie avec l'élément dans lequel ils se
meuvent; quand je vois l'arbre fleurir et donner son
fruit, le soleil et la lune se mouvoir en une course régu-
lière dans les cieux, et les étoiles scintiller la nuit au
firmament, comme de petites lumières, je me dis que
toutes ces créations ne sont pas venues là par l'effet du
hasard. Il est un Dieu qui les a enfantées, et je comprends qu'il est sage, parce qu'il n'y a nulle confusion

parmi les êtres animés ou inanimés dont il a peuplé le monde. Je sais qu'il est d'une bienveillance infinie, car il a pourvu au bonheur et au plaisir de chaque créature sortie de sa main.

Je crois à une autre vie, parce que les livres saints me l'ont appris, et aussi parce que la nature le répète en tous lieux à mon intelligence.

Je vois les ruisseaux couler toujours sans jamais se tarir. Je vois les saisons passer et renaître, les arbres fleurir et renouveler leurs vertes robes de feuillage chaque année, et je sais que cela a toujours été ainsi, depuis le commencement des temps.

Je vois et je sais que rien en ce monde ne périt entièrement.

J'observe donc tout cela et je me dis : l'âme de l'homme ne doit pas être périssable, elle est donc indestructible comme toutes les choses qui servent à son corps.

Je comprends aussi que l'homme est le maître de tout ce qui a été créé.

La terre, l'air, l'eau et toutes les choses qui leur appartiennent sont assujéties à sa volonté et pourvoient à ses besoins. Les astres éclairent ses pas, et toutes les facultés de l'univers l'environnent de tous côtés; je me dis alors :

Il n'est pas possible que la création ait eu lieu à l'intention de l'homme, pour qu'il ait à peine le temps de la regarder, de l'admirer et de jouir un instant des avantages qu'elle lui procure, et mourir ensuite à tout jamais.

Il ne peut pas en être ainsi, il doit y avoir une vie nouvelle au-delà de cette vie, et l'âme de l'homme survit.

pour son bonheur ou pour son malheur, au corps qui a
été rendu à la terre.

Je m'inquiète peu de l'instruction que possède un
homme : il peut parler avec science et me confondre par
mille raisonnements que je ne saurais rétorquer, car je
ne pourrais point le comprendre ; mais, quand j'entends
ces prétendus savants nier l'existence de celui qui a
créé la terre et l'innombrable foule des êtres qui fourmillent à sa surface ou qui nagent dans ses eaux ; quand
il ne reconnaît point l'existence de l'âme et d'un autre
monde ; quand il réfute le paradis et déclare que tout
finit à la tombe, je considère ce savant comme un fou
et un aveugle inguérissable, car il n'agit pas en homme
sage, il ne raisonne pas comme une créature sensée ; en
un mot, il ne m'est pas possible d'être du même avis
que lui.

Je me souviens avoir passé, à une certaine époque,
plusieurs jours dans les bois, en compagnie d'un incrédule de Boston. Ce monsieur avait tout-à-fait l'extérieur
d'un gentleman ; on n'aurait jamais dit qu'il eût la
moindre méchanceté envers les créatures vivantes, et
pourtant, aussi vrai que je suis dans ce bateau seul avec
vous, j'avais peur de lui. En l'entendant parler j'éprouvais une sorte de terreur indicible.

Cet homme semblait prendre plaisir à nier l'existence
de Dieu et à rire de l'idée qu'il y eût un Créateur, une
âme ou une éternité.

Je me sentais épouvanté d'être en sa société, et plusieurs fois je le priai, sous un prétexte ou sous un autre,
de marcher devant moi, tant je craignais qu'il ne lui
prît fantaisie de me tuer. Pendant les trois ou quatre
dernières nuits que nous passâmes dans les bois, je ne

fermais pas l'œil que je ne le visse complètement endormi. Il avait beau causer et déraisonner en ma présence, ma foi n'était pas ébranlée.

Certain jour, ce Bostonien était assis sur le bord d'un
petit ruisseau qui tombait du haut d'une colline, et il
racontait que chaque chose était née du hasard. Je lui
demandai comment il se faisait que ce petit ruisseau
coulât en descendant dans la vallée au lieu de la remonter.

— C'est à cause de la gravité, me répondit-il.

Nous longeâmes ensuite ce petit ruisseau, puis nous
en rencontrâmes un autre.

Je lui posai alors la même question et j'obtins la même
réponse.

— Mais enfin, Monsieur, lui dis-je, n'y a-t-il donc
pas, par le monde, quelque endroit où les ruisseaux remontent les collines?

— Non, me répondit-il, sur toute la terre il existe
une loi de la nature qui fait que les ruisseaux descendent toujours les collines et ne les remontent jamais.

Nous arrivâmes bientôt près d'un grand chêne. Je
regardai autour de moi, et au bout de quelques instants
je découvris un gland, lequel ayant germé au printemps,
avait donné naissance à un petit arbre deux fois aussi
long que mon doigt.

— Eh! Monsieur, dis-je alors à cet incrédule, ce grand
chêne a-t-il toujours été là?

— Non, me repondit-il, il est sorti d'un gland.

— Quoi! ajoutai-je, ce chêne a-t-il jamais été une
petite végétation pareille à celle que je tiens dans ma
main?

Et je lui montrai le gland et la pousse que j'avais trouvés.

— Exactement semblable, me répondit-il.

— Mais, continuai-je, tous les grands chênes proviennent-ils des glands ? ne peuvent-ils pas être produits par le fruit du hêtre ou du noyer d'Amérique, et n'arrive-t-il pas quelquefois qu'ils naissent tout grands?

— Non point, reprit-il, la loi de la nature veut que chaque arbre ne puisse reproduire qu'un arbre de son espèce.

Et là-dessus, mon homme se mit à parler savamment sur la nature des arbres et sur leur croissance ; et tout en poursuivant notre route, j'aperçus un oiseau qui s'envolait d'un buisson, et en m'approchant je découvris un nid dans lequel se trouvaient cinq petits œufs.

— Regardez, Monsieur, lui dis-je, comment se fait-il que toutes ces petites brindilles, cette mousse et ce duvet de chardon, entrelacés dans une forme ronde, soient venus se poser dans les branches de cet arbuste?

— Comment, répliqua-t-il, mais vous savez bien que ceci est un nid d'oiseau, et que ce gentil petit être a apporté tous ces objets, les a mélangés et entrelacés lui-même, pour en former la couchette de sa progéniture.

— Très-bien, lui dis-je encore, en lui désignant les œufs, mais ces choses rondes-là sont-elles tombées des arbres?

— Non point, répliqua mon incrédule, vous savez très-bien que ce sont des œufs d'oiseau.

— Certainement, mais si je les plante, repris-je encore, deviendront-ils des arbustes avec des branches chargées de nids d'oiseaux et dans lesquels se trouveront des œufs?

— Tucker, me répondit-il, vous vous moquez, et vous savez aussi bien et même mieux que moi comment se font ces choses. Il n'est pas besoin de vous dire que l'instinct de la nature enseigne aux oiseaux à bâtir leurs nids et à couver leurs petits.

Je ne pus point comprendre, je l'avoue, ajouta mon guide, tout ce que le Bostonien me dit encore à ce sujet, bien que son désir ne fût pas de me déconcerter par sa science.

Quand il eut terminé, je lui adressai la question suivante :

— Veuillez m'apprendre, Monsieur, qui a fait ces lois de la nature, comme vous les appelez, grâce auxquelles l'eau, sur toute la terre, descend toujours des collines, les grands arbres sortent des petits glands, les oiseaux apprennent à bâtir leurs nids et à élever leurs petits. Qui a fait ces lois? Et comment arrive-t-il que, bien que toutes choses soient un effet du hasard, comme vous le dites, elles n'en paraissent pas moins gouvernées par des lois régulières, qui font que des causes pareilles produisent des effets semblables, et cela sur toute la surface du globe?

Je n'entreprendrai pas d'argumenter sur ce point, mais je suis intimement persuadé que ce que vous appelez la loi de la nature est tout simplement l'exécution des plans du puissant Créateur. Mieux encore, toutes ces choses ne sont ainsi que parce qu'il l'a voulu.

Le hasard produit toujours la confusion et le mélange des choses, et vous ne trouverez ni mélange ni confusion dans les lois de la nature ou dans les choses qui existent en elle. Elles ne se heurtent jamais les unes les autres,

mais elles accomplissent leur œuvre doucement et sû-
rement.

Je me souviens encore que mon incrédule me disait
certain jour :

— Tucker, s'il existe une Providence qui a créé et
réglé toutes choses, Providence toute-puissante, pleine
de sagesse et de justice, comment se fait-il que tout le
monde ne soit pas honnête et heureux, et que tout
ne soit pas assez bien ordonné pour que nous ayons en
partage la même part de joies et de plaisirs ici-bas? car
vous savez bien, mon ami, que cela n'est pas ainsi.

Les uns sont malades et souffrent toute leur vie, les
autres ont faim et froid.

Les jours de quelques-uns sont marqués par des chagrins, tout ce qu'ils aiment leur est enlevé et ils restent
seuls dans leur désolation, comme les grands arbres des
forêts qui ont été frappés par la foudre.

Ignorez-vous que certains honnêtes gens ont été convaincus de culpabilité et ont croupi en prison, ou bien
sont morts sur le gibet?

Le Bostonien discutait avec moi de cette façon et me
troublait véritablement, car je pensais et je réfléchissais
à ce qu'il avait dit, et bien que le doute n'eût pas absolument pénétré dans mon cœur, je me sentais inquiet.

Mais je me dis à la fin qu'un homme, même le meilleur, n'est en réalité qu'une faible créature, que sa manière d'envisager les choses n'est pas celle du Tout-
Puissant; je compris que le mystère de tout cela appartient à cette partie du grand plan de l'univers ignorée
de tous, et je me souvins des paroles prononcées par un
prédicateur qui prit la main d'une mère folle de douleur

de la mort de son enfant adoré et leva les yeux au ciel en disant :

« Tout ce qu'il a fait est bien fait. »

Ainsi me disais-je à moi-même, quand les arguments de cet incrédule venaient me troubler.

« Tout ce qu'il a fait est bien fait. »

Quand je pensais à l'inégalité des choses qui arrivent ici-bas, en examinant la part lourde et pénible qui tombait à l'un et l'heureuse part qui échéait à l'autre, je me répétais :

« Il a bien fait toutes choses. »

Il y a beaucoup de faits que je ne puis pas comprendre et que quelques-uns des hommes les plus éclairés n'expliquent pas plus que moi.

Les desseins de la Providence sur le sort et la destinée humaine sont l'un de ces faits.

Si Dieu éprouve l'homme juste, c'est sans doute dans quelque but sage et bienveillant, but qui sera connu dans le temps ou dans l'éternité.

Je ne suis qu'un pauvre homme, Monsieur, et qui plus est un ignorant. Je me soucie peu des richesses, mais j'aimerais assez à être savant. Et pourtant, je ne voudrais pas échanger ma foi dans la bonté de mon Créateur, contre tous les royaumes du monde ou toutes les connaissances que la science humaine ait jamais acquises.

Ainsi parlait Tucker, et je l'écoutais avec autant de plaisir que je l'eusse fait d'un des plus habiles docteurs de l'Evangile.

CHAPITRE XVI.

**L'énergie silencieuse de la nature. — Ses ateliers de travail
et ses ouvriers.**

Quelle agréable sensation que celle que l'on éprouve
à se lever dès l'aube, sur les rives de l'un des magnifiques lacs de l'Amérique du Nord. L'on épie, les yeux à
peine ouverts, la fuite des étoiles qui s'éteignent une à
une sous les cieux, on étudie les diverses nuances du
crépuscule qui s'effacent devant l'éclat du jour, on voit
s'évanouir les ombres profondes et sépulcrales des forêts, dont les massifs d'arbres immobiles prennent des
formes et un visage; on dirait de vrais fantômes au
milieu des ténèbres; on entend les cent voix du matin
s'élevant l'une après l'autre et réveillant la nature de
son repos silencieux. Puis vient enfin le grand jour, qui
inonde de ses rayons la surface de la terre.

Tucker me montra dans cette île une grande variété
de belles fleurs sauvages. La rose simple s'épanouissait
sur son petit buisson, dont les racines se frayaient un
passage parmi les mousses et se perdaient dans les crevasses des rochers; la violette odorante croissait tout le
long des bords du lac, la menthe qui pousse dans les endroits humides et les splendides magnolias semblables
à des œufs de poule, fleurissaient sur les branches au
feuillage d'émeraude.

Toutes ces fleurs admirables, innombrables, formaient
de l'île en question un splendide jardin bien différent, il
est vrai, des jardins cultivés, mais leur beauté simple et

modeste leur assignait une place dans la flore américaine.

Nous passâmes toute notre journée à ramer d'île en
île, en nous glissant sous l'ombre des grands arbres qui
croissaient près du bord de l'eau.

J'ai lu dans certain livre, je ne saurais dire lequel
maintenant, le passage suivant :

Lorsque le sentiment du bien-être s'empare de moi,
ce n'est pas le résultat de ma volonté, mais celui d'une
volonté qui l'emporte en paresse sur la plupart des autres voluptés. Pour en jouir, il faut se trouver éloigné
des empiétements de la civilisation, du bruit de la rue
et des bienséances de convention de la vie. Il faut pouvoir avec insouciance, en rêvant, bâtir des châteaux en
Espagne et ne pas les voir détruits par quelque sérieuse
réalité, ou tomber sous le poids de quelque pensée pratique qui attirera forcément l'attention des yeux et des
oreilles.

Il faut qu'on n'ait nul souci, qu'on ne soit occupé
d'aucune affaire, ni pressé par l'appel d'aucun devoir.

Nous goûtâmes ce jour-là, Tucker et moi, cette vo-
lupté dans toute sa plénitude, parmi les ombres fraîches
de ces îles magnifiques, sous un ciel embaumé, bercés
par une brise rafraîchissante, respirant les odeurs des
fleurs sauvages, et égayés par les chants des oiseaux.

— Avez-vous jamais songé, Monsieur, me dit mon
guide, qui cueillait une rose sauvage dont le buisson
s'élevait modestement à côté du rocher sur lequel nous
étions assis, — avez-vous jamais songé au calme avec
lequel la nature accomplit ses œuvres, au silence dans
lequel elle crée et termine les belles choses qui nous
entourent?

L'homme ne procède pas ainsi, lui. Il travaille à grand bruit et avec précipitation, quand il construit ses bateaux à vapeur, sa maison ou son grand vaisseau de haut bord; il frappe et cogne, le bruit aigu des machines retentit sans cesse à l'oreille. Le marteau résonne contre l'énorme enclume, et il résonne de nouveau, même quand il enfonce dans la muraille un simple clou de fer.

La scie grince et siffle quand l'homme façonne une planche, on entend les coups de sa hache lorsqu'il coupe du bois. La roue hydraulique tourne-t-elle? c'est avec grand tapage, et ses locomotives grondent, mugissent et soufflent comme les poumons d'un asthmatique.

J'étais allé certain jour à Plattsburg, et l'on me fit visiter une fabrique où travaillaient un grand nombre d'hommes et de femmes, qui martelaient, tournaient et façonnaient le fer avec une machine. Bien que chaque chose fût faite régulièrement, il y avait encore assez de bruit pour étourdir un homme peu habitué à ce tumulte.

J'examinai avec soin les ouvriers, qui montaient une petite machine à vapeur, et je pus la voir fonctionner doucement; tous ses rouages s'adaptaient comme un soulier sur la forme, ce qui ne m'empêcha pas de trouver que tout ce monde-là faisait beaucoup de bruit.

Il n'en est pas ainsi de la nature, que nul ne peut ni voir ni entendre travailler.

Elle s'agite silencieusement, et sa besogne se trouve faite avant que le moindre bruit ait interrompu le calme universel.

— Regardez cette petite fleur, fit Tucker. Hier un bouton, aujourd'hui une rose; mille hommes eussent-ils surveillé son développement, aucun d'eux n'aurait pu voir ou dire à quel moment le bouton se changerait en rose.

Jetez les yeux sur ce grand arbre, plus haut que le mât d'un navire. Examinez ses grandes branches et ses feuilles. Autrefois, ce n'était qu'un gland. Ce gland a germé, et le voici un géant. Tous les regards de la terre eussent-ils assisté à sa croissance, aucun n'aurait pu le voir grandir. La nature l'a fait sortir de terre et pousser tel que le voici, mais le monde entier eût-il écouté qu'il n'aurait pu saisir le moindre bruit pendant que la main puissante et invisible assemblait ses différentes parties.

Examinez les forêts et voyez-les onduler aussi loin que la vue peut s'étendre.

Rêvez un peu à cette grande solitude d'arbres et à toutes les choses qui croissent en ce lieu. Qu'est la plus magnifique œuvre de l'homme auprès de cette grande création de la nature qui s'étend devant nous?

Eh bien! dans le travail de tout ce qui nous entoure, la forêt est restée silencieuse. Elle n'a pas éveillé le plus petit écho. Elle a crû et s'est élevée constamment, avec calme, et a été terminée, dans toutes ses parties, sans qu'un bruit eût rompu le silence aérien pendant la durée de ce puissant ouvrage.

Quand un fermier ensemence son terrain, vous savez bien qu'un champ de blé va pousser en cet endroit, mais vous êtes libre de surveiller le sol ensemencé, vous et vos amis, nul ne pourra apercevoir les brins de froment sortir de terre, et cependant ils en sortiront.

Nul ne pourra voir grossir le grain, et cependant il grossira. Nul ne pourra le voir mûrir, et cependant il mûrira.

L'œuvre de la nature sera terminée à la maturité de

10

la récolte, et les yeux qui l'auront observée de si près, les oreilles qui l'auront écoutée n'auront pu ni la voir ni l'entendre agir.

Qu'importe! la nature n'en aura pas moins travaillé jour et nuit, la semaine aussi bien que le dimanche, jusqu'à l'achèvement de sa tâche.

Prenez le petit enfant dans les bras de sa mère, et voyez combien il est faible et débile. Il ne connaît presque rien, et la seule faculté qu'il possède est celle de l'instinct qui appartient aux petits des animaux. Cependant il peut y avoir dans ce gentil petit être tout ce qu'il faut pour faire un homme bien taillé, instruit et robuste. Si vous surveillez sa croissance, il passera de la faiblesse de l'enfance à la vigueur de la jeunesse, et, un peu plus tard, il deviendra un homme fort, possédant un corps et un esprit parfaits.

Mais de si près que vous l'ayez observé, vous ne pourriez dire quand et comment le travail de ce changement s'est opéré en lui.

Et pourtant il aura eu lieu. Vous ne sauriez dire quand la pensée a été donnée à son esprit et la force à ses membres. Tout vous prouve, cependant, qu'il a échangé la faiblesse de l'enfant contre la stature et la force de l'homme.

Tandis que vous surveilliez la nature, elle travaillait à sa façon silencieusement, mais avec certitude, perfectionnant son œuvre et riant peut-être de vos essais infructueux à saisir ses traces ou à entendre le bruit de sa mécanique.

Et c'est ainsi que la nature accomplit tous ses travaux.

Vous ne percevez point le son de sa roue hydraulique

ni de ses machines à vapeur; vous n'entendez ni sa scie ni son marteau; elle travaille pourtant sans cesse, dans son grand atelier, avec un pied qui ne laisse nulle trace, une voix qui n'élève aucun murmure, et une main qui n'apporte nul bruit perceptible aux sens.

La nature, Monsieur, déploie, dans la création silencieuse et mystérieuse de ses œuvres, une étonnante énergie, et quand elle nous montre ses innombrables productions, elle semble nous défier de chercher par quels moyens elle les met sous nos yeux.

Je me suis souvent dit que j'aimerais infiniment à examiner attentivement l'atelier de la nature, afin de voir comment elle fabrique les mille choses qui sortent de sa main, afin d'apercevoir ses invisibles ouvriers, ses mécaniques à l'œuvre et d'étudier les matériaux qu'ils emploient pour les choses qui croissent; je souhaiterais découvrir comment la nature apporte la pensée et la science dans l'esprit d'un homme, et y inculque les instincts qui forment l'intelligence des animaux muets. Je voudrais savoir d'où viennent les forces, la chair et les os qui changent le corps d'un petit enfant en celui d'un homme grand et robuste.

Tout cela doit valoir la peine d'être observé, Monsieur, mais nous ne serons jamais conviés à pareille fête, ni vous ni moi. C'est au milieu de ces mystères que la perspicacité d'un homme vivant est mise en défaut, comme aussi toute son habileté.

J'éprouvais, je l'avoue, un immense plaisir à entendre Tucker raisonner aussi juste.

CHAPITRE XVII.

L'Aigle et sa proie. — Le Loon, — ses mœurs. — La Perdrix. — L'Écureuil et la Souris des bois.

En ramant sur le lac, nous aperçûmes une volée de halbrans qui s'ébaudissaient à deux portées de fusil environ du rivage, nageant et se jouant autour de leur mère, tout en agitant sur l'eau leurs ailes à peine emplumées. Ils paraissaient de l'humeur la plus folâtre

Nous nous arrêtâmes près du rivage et nous nous amusions à observer leurs jeux, lorsque tout-à-coup le cri d'alarme de leur mère frappa nos oreilles.

Au même instant, les halbrans se dispersèrent en se dirigeant vers le rivage, s'aidant des pieds et des ailes, tout tremblants et donnant des signes de la plus grande terreur.

Certes, ils avaient raison d'être effrayés, les pauvres oiseaux : un aigle gigantesque descendait comme une flèche du haut d'un rocher qui lui servait de perchoir, et fondant sur les halbrans, il saisissait l'un d'eux dans ses serres aiguës au moment où il cherchait à plonger sous l'eau.

Cela fait, l'aigle emportait l'oiseau sur la roche d'où il l'avait guetté.

Nous eûmes là une admirable démonstration de ruse et d'adresse, et bien que ce rapt, ce meurtre, eût fait un vide dans la volée des halbrans, j'aurais été fâché de ne pas assister à ce spectacle émouvant.

Un instant avait suffi, et l'aigle n'avait pas interrompu son vol.

Quand le roi des oiseaux eut dévoré sa proie, il reprit son vol et plana dans l'espace.

On eût dit d'abord qu'il demeurait immobile, mais bientôt il continua son vol et disparut à tous les yeux.

— Voilà une chasse à laquelle j'ai souvent assisté, me dit Tucker, et chaque fois je me sens de plus en plus intéressé à ce spectacle.

Cet aigle guettait ce vol de canards depuis une heure; avant de s'élancer de son perchoir, il avait déjà choisi sa victime. Cet oiseau de rapine ne frappe pas au hasard, et il manque rarement son but.

J'ai souvent pensé qu'il faut beaucoup d'adresse et d'expérience à un aigle pour frapper aussi juste. Mais je suis d'avis que la nature ou plutôt l'instinct, comme vous dites, guide cet oiseau, et le vieux Peter Meigs prétendait que la première chasse de l'aigle est aussi sûre que la centième ou la millième.

Nous demeurâmes quelque temps à la même place afin de voir les oiseaux aquatiques sortir de leurs cachettes. Nous aperçûmes enfin la mère qui s'avançait prudemment hors des roseaux.

Elle risqua d'abord un œil, puis un autre, comme pour s'assurer que l'ennemi s'était éloigné.

Convaincue enfin que le danger n'existait plus, elle fit un appel, et tout aussitôt les petits halbrans vinrent, l'un après l'autre, se ranger autour d'elle.

La cane se mit alors à nager au milieu d'eux en caquetant d'une façon inquiète et troublée, comme si elle les eût comptés. Mais elle oublia bientôt celui qui était perdu (en admettant toutefois qu'elle se fût aperçue de sa disparition), car à peine quelques minutes s'étaient-elles écoulées qu'elle redevint parfaitement calme, et nous la vîmes se soulever à demi sur l'eau, battre des ailes et se baisser ensuite, pour lisser ses plumes avec son bec, comme si rien ne fût arrivé.

— L'aigle, me dit Tucker, sait bien de quel oiseau aquatique il est certain de faire sa proie; il n'attaque jamais la grue, qui, comme vous pouvez le voir, nage au loin sur l'eau et ne paraît nullement prendre garde à l'aigle. Elle est armée d'un bec long et tranchant comme une dague, dont elle use aussi quelquefois de la même façon qu'on se sert de celle-ci.

Je me souviens qu'un jour je me trouvais sur le Sha-zée, en compagnie d'un chasseur venu du Sud, propriétaire d'un magnifique épagneul qu'il avait instruit à chercher et à rapporter. Lorsqu'il tuait quelque oiseau sur les eaux du lac, il envoyait Néro, c'est ainsi qu'il appelait son chien, pour qu'il ramenât la pièce.

Certain matin, une grue faisait sa toilette non loin du rivage, et mon gentleman, qui l'aperçut, se glissa avec précaution sur le bord du lac, muni de son fusil chargé à plomb; il fit feu sur l'oiseau et le blessa de telle sorte qu'il lui était impossible de nager rapidement ou même de s'envoler.

Il envoya aussitôt son chien pour lui rapporter la grue. Néro s'élança avec ardeur et nagea hardiment vers l'oiseau blessé.

Celui-ci esquiva d'abord l'approche du chien, puis il frappa la bonne bête au cou, de son bec long et tranchant, avec tant de force, que l'épagneul hurla.

Néro se retourna du côté du rivage, et la grue lui décocha dans le jarret un autre coup qui le força à se hâter, tout en criant à chaque effort qu'il faisait en nageant.

Le pauvre chien sortit de l'eau gratifié de deux larges blessures et saignant comme un porc qu'on vient d'égorger, au grand étonnement de son maître.

Après cette fâcheuse aventure, vous pensez bien, Monsieur, que Néro y regardait à deux fois avant de se risquer, lorsque son maître l'envoyait chercher des oiseaux dans l'eau.

Schalk que voici, aurait refusé de faire cette besogne. Il sait bien quelles sont les blessures que fait le bec long et aigu des grues. Comment mon limier a-t-il appris cela? je ne saurais le dire. Je puis vous assurer seulement qu'il n'a jamais été blessé par aucun oiseau aquatique. Cette science est sans doute une de celles qu'il a acquises à sa façon; peut-être a-t-il fait des remarques sur les grues que j'ai tuées précédemment, ou bien a-t-il appris ce qui en est, en m'entendant raconter le méchant tour que l'oiseau chassé fit au chien du gentleman.

Les grues sont, Monsieur, de très-curieux oiseaux. On en voit rarement deux vivre ensemble en bonne harmonie, et cependant je m'imagine qu'elles sont en plus grand nombre que cela sur tous les petits lacs. Mais elles vivent toujours séparées et ne paraissent jamais avoir rien de particulier à se communiquer les unes aux autres.

Je n'ai jamais, moi qui vous parle, vu une jeune grue.

Où couvent-elles? Je n'en sais rien, mais je suis bien certain de n'avoir jamais trouvé un seul nid dans ces eaux.

Si vous reveniez dans ces parages au commencement

de la saison, vous n'aperceviez pas une seule grue sur tous les lacs de l'Etat.

A peine la température se radoucit-elle, qu'on est éveillé le matin par la voix claire et retentissante des grues, et l'on peut apercevoir deux ou trois de ces oiseaux sur l'eau dans différentes directions. Si vous restiez ici tout l'été, vous les verriez toujours éloignés les uns des autres. Tant que dure l'automne, on les aperçoit comme d'habitude sur le lac, mais à l'heure où l'on revient à sa cabane pour y passer la nuit, et quand on se lève le matin, ils sont tous partis.

Voilà tout ce que vous apprendriez sur le compte de ces oiseaux, alors même que vous séjourneriez autour de ces lacs pour étudier leurs mœurs, fût-ce même pendant une douzaine d'années.

Quand on voit les grues s'éloigner, on fait bien de s'en aller aussi, ou bien il faut se préparer à assister dans les bois à quelqu'affreux orage qui éclatera infailliblement un jour ou deux après leur départ.

J'ai souvent fait ces remarques, et je suis certain de léur exactitude ; aussi, toutes les fois que les grues s'éloignent, je fais comme elles.

Un autre oiseau aquatique de mœurs bizarres, c'est celui qu'on nomme le plongeur, lequel se pose sur l'eau comme un bouchon de liége.

Lui aussi est toujours solitaire et ne bâtit point son nid dans ces parages, comme j'ai pu m'en assurer, car je n'en ai jamais découvert un seul.

Nous nous amusions beaucoup avec ces oiseaux, à l'époque où nous nous servions des fusils à pierre, avant l'invention de la capsule.

Lorsque je me promenais sur ces lacs en compagnie

de gens qui se croyaient bons tireurs et qui l'étaient
effectivement, je leur désignais comme but un de ces
petits plongeurs, qui, assis légèrement sur l'eau, nous
suivait des yeux à dix ou douze mètres de là, et je priais
le chasseur de le tuer avec son fusil.

Celui-ci mettait aussitôt l'oiseau en joue, se croyant
certain de l'atteindre; mais, quand l'étincelle paraissait
au bassinet, prompt comme l'éclair, le plongeur disparaissait sous l'eau.

La balle était probablement entrée dans l'élément
liquide à l'endroit où il se tenait, et le tireur aurait
parié cent contre un qu'il l'avait tué. Seulement, un instant après, l'oiseau reparaissait tout-à-coup, se levant
sur ses pattes, agitant ses ailes et faisant jaillir l'eau de
toutes parts. On eût dit qu'il invitait son ennemi à recommencer.

J'ai vu un homme gaspiller vingt charges de poudre
et de plomb en essayant de tuer l'un de ces palmipèdes.
Dès qu'il faisait feu, le plongeur disparaissait sous l'eau
bien avant que la balle l'eût atteint.

On eût dit parfois que l'oiseau s'amusait de ce passe-
temps dangereux, car il paraissait ne pas vouloir s'éloigner de la portée du fusil.

Je n'ai jamais essayé mon fusil à piston sur un plongeur, car je ne voudrais pas courir le risque de tuer une
de ces heureuses petites créatures pour le plaisir de faire
une expérience.

La journée était près de son déclin au moment où
nous débarquâmes dans une petite anse.

Nous pouvions entendre le rappel des grouses et des
gélinottes, bruit qui, dans la forêt, est le plus singulier
qu'on puisse ouïr vers la fin d'un jour d'été.

Ce rappel des gallinacées de la famille tetrao commence lentement, d'abord comme une mesure battue sur un tambour drapé. Bientôt les coups deviennent de plus en plus vifs, jusqu'à ce qu'au bout d'un quart de minute ils arrivent à un tel degré de rapidité qu'ils deviennent insaisissables et se changent en un roulement fort curieux ; on croirait que ce même tambour voilé est battu par une main vive et légère.

Il y a, dans le rappel des grouses et des gélinottes, une autre bizarrerie digne de remarque : c'est qu'on ne saurait dire s'il est proche ou éloigné. Parfois, autant qu'il est possible d'en juger, le roulement est distant de vingt mètres à un quart de mille. Dans d'autres circonstances, on serait très-embarrassé de désigner la direction de laquelle il vient. Il paraît être d'abord d'un côté, puis ensuite de l'autre ; il faut l'entendre deux ou trois fois de suite avant d'être positivement fixé sur l'endroit d'où provient le bruit.

J'écoutai jusqu'à ce que je fusse certain de la place d'où s'élevait le gloussement en question, et je me glissai alors seulement avec précaution de ce côté, bien décidé à juger par moi-même de quelle façon s'y prend une perdrix pour exécuter un pareil roulement de tambour.

Je m'avançai donc avec circonspection à trente ou quarante mètres, et j'aperçus l'oiseau qui se tenait sur un vieux tronc d'arbre, épluchant et redressant les plumes de sa queue et de ses ailes, comme s'il eût procédé à sa toilette.

Un instant après, il se dressa sur les ergots et agita ses ailes, non pas contre le tronc d'arbre sur lequel il était posé, mais sur ses flancs ; il travaillait lentement, d'abord, et ce trémoussement devint enfin plus rapide, jusqu'à ce que le bruit ne fut plus, durant quelques secondes, qu'un roulement continu. Je vis l'oiseau s'exercer ainsi l'espace de huit ou dix minutes pendant la demi-heure que je passai à l'épier.

L'oiseau qui tambourinait ne me découvrit pas, et je me gardai bien de le déranger.

J'étais curieux d'apprendre, si cela se pouvait, par quel moyen la perdrix bat de la sorte une retraite sur ses côtes. Je m'imaginais découvrir la chose, lorsque j'aperçus une grouse femelle arriver en sautillant vers l'autre bout du tronc d'arbre.

Elle s'avança lentement vers la tambourineuse et se plaça sans le moindre bruit auprès d'elle.

Les deux oiseaux restèrent ensemble durant quelques minutes ; un moment après, ils s'éloignèrent de l'endroit où ils se trouvaient perchés, et disparurent au milieu des buissons.

Pendant que je les guettais ainsi, je fus grandement amusé de la conduite d'un écureuil placé près de moi sur un arbre.

J'aperçus d'abord le petit rongeur au moment où il descendait d'une branche à une très-petite distance du lieu où je me trouvais.

Il s'en allait en sautillant et en tournant sur les brindilles ; puis il se redressait de temps en temps afin de manger les faînes qu'il avait cueillies.

Un instant après, il sauta sur le sapin au pied duquel je me tenais parfaitement immobile.

Il s'approcha de moi à une distance de dix pieds avant de me découvrir.

Lorsqu'il m'eut aperçu, l'écureuil bondit jusqu'au

pied d'un grand bouleau, et après avoir grimpé sur le tronc à huit ou dix pieds, il s'arrêta, puis il retourna la tête et commença à jaser, comme s'il eût été disposé à entamer une conversation avec l'étrange animal qu'il voyait en ce lieu.

Je n'avais pas remué d'une ligne, et la gentille petite bête parut enfin se demander si c'était bien, après tout, un animal qui l'avait tant effrayée.

L'écureuil descendit alors lentement, avec une certaine prudence, et s'arrêta au moment où il atteignit le sol. Il s'assit et me regarda d'un air rusé avec un peu de méfiance, puis il se rapprocha de quelques pas, en sautillant, m'examina de nouveau, et s'élança sur le vieux tronc d'arbre où je me tenais, à dix pieds de moi, me regardant d'un air circonspect avec ses petits yeux vifs et brillants.

Il tournait de temps à autre, de mon côté, une partie de son museau, puis l'autre, et laissait percer une curiosité qui tenait de celle de l'homme, en cherchant à deviner ce que je pouvais être.

A la fin, comme je restais complètement immobile, il parut se dire que je n'étais probablement qu'un tronc d'arbre d'une nouvelle espèce.

Il cessa alors de s'occuper de moi, et reprenant sa chasse aux faînes, il disparut à mes yeux au milieu des sapins verts.

Je m'amusai aussi à étudier les mœurs des petites souris de forêts, à peine grosses comme l'extrémité de mon pouce, et qui paraissaient avoir fait élection de domicile dans les racines du sapin derrière lequel je m'étais caché.

Elles sortaient et s'esquivaient sous les feuilles, en

franchissant le monticule formé par mes pieds. L'une d'elles commença même à ronger, avec ses dents petites et aiguës, mes bottes couvertes de graisse, tandis qu'une autre semblait disposée à entreprendre un voyage dans l'intérieur de mon pantalon.

C'était pousser l'audace un peu trop loin, et comme je fis un mouvement pour empêcher la souris d'agir avec cette impudence, elle se sauva et toutes les autres disparurent en un instant dans leur terrier invisible, sous les racines du sapin.

CHAPITRE XVIII.

Le Hibou gris. — Les Oiseaux sauvages. — Les Animaux plus sages que l'Homme. — La Folie du crime.

Vers le coucher du soleil, au moment où nous passions le long de la rive escarpée d'une petite baie, échancrée dans le bord rocailleux de l'île supérieure, j'aperçus au milieu des branches touffues d'un petit arbre qui croissait dans les crevasses du rocher, un gros hibou gris, fixant sur nous ses yeux ronds, brillants, emblème de la sagesse. De chaque côté de la tête, dont la forme était celle de la tête d'un tigre, deux plumes se tenaient toutes droites, pareilles aux oreilles d'un chat, et ses pattes étaient recouvertes jusqu'aux griffes d'une espèce de pantalon du duvet le plus fin.

La fixité des yeux phosphorescents, la gravité profonde et méditative du hibou, quand il fixe le passant du haut de la branche sur laquelle il est perché, le font prendre par celui qui n'a pas l'habitude de le rencontrer

souvent dans ses excursions de chasse ou en se promenant, pour le grand philosophe de la tribu emplumée,
et c'est là réellement une grave erreur.

Cet oiseau est un paresseux d'une stupidité sans pareille, c'est l'image de la sottise et de la fatuité. Voyez,
ami lecteur, comme les apparences sont quelquefois
trompeuses.

Le hibou a cependant ses pareils dans l'espèce humaine. On rencontre souvent des hommes aussi bien
que des oiseaux hiboux, qui possèdent de grandes apparences et un petit esprit, une gravité profonde et peu de
bon sens, des visages sérieux et des têtes vides. Lorsqu'on sonde leur intelligence, elle ne rend pas le bruit du
pur métal, mais plutôt le son triste et grave de l'airain.

Je n'avais nulle envie de m'emparer de ce hibou, et
Tucker et moi nous continuâmes notre excursion, laissant ce faux philosophe emplumé à ses méditations
idiotes au milieu du vert feuillage.

Au moment où nous tournions la pointe, nous l'entendîmes enfin jeter son cri rauque et lugubre qui ressemble aux syllabes suivantes :

To whit, to whoo, whoo !

Le cri du hibou n'a que deux intonations différentes,
l'une basse, rauque et grave, se faisant entendre malgré
cela à une grande distance, et l'autre aiguë, glapissante
et prolongée, semblable au rugissement d'une panthère.

Ce dernier cri semble être celui d'alarme.

Il éclate tout-à-coup dans les branches d'un arbre
sous lequel vous passez, vous glace le sang et vous
cause une espèce de commotion galvanique. Vos cheveux se dressent sur votre tête, et l'on se sent mal à
l'aise.

Peu à peu, cependant, quand les nerfs deviennent plus calmes, tout en riant de l'absurdité de cette terreur, on n'est pas moins enchanté qu'elle n'ait été causée que par un hibou.

Les oiseaux que l'on trouve d'ordinaire dans ces îles sont : le geai bleu, la pie chessink, ainsi appelée à cause de son cri, qui se compose de ces deux syllabes sans cesse répétées, la grive brune, l'oiseau-chat, et un oiseau d'une couleur blanchâtre, assez semblable à ceux que l'on nomme les oiseaux de neige (*snou birds*).

On rencontre aussi dans ces parages plusieurs variétés de la race du pic-vert, depuis le grand oiseau noir, à tête rouge, qui franchit l'espace en élevant et en abaissant son vol et en faisant résonner sa voix stridente, jusqu'à la petite chickodée, qui sautille autour du tronc du sapin en cherchant des vers ou des insectes. On voit ce gracieux oiseau qui se tient debout, tantôt à l'aide de ses petites griffes, tantôt avec sa tête, et d'autres fois avec sa queue, aller et venir de tous côtés du haut en bas et autour de l'arbre, dans une activité continuelle.

Nous aperçûmes aussi bon nombre d'écureuils rouges et noirs qui grimpaient parmi les branches des arbres ou bien gambadaient tout autour sur le sol, à la recherche des noix tombées à terre à la saison précédente.

La plus grande animation régnait dans ces bois et au milieu de ces îles à la végétation luxuriante, où les êtres empennés et recouverts de poils paraissaient être joyeux et heureux.

Nous débarquâmes vers la pointe méridionale de l'île avec l'intention d'y passer la nuit.

Tucker découvrit, sous un énorme rocher, une excavation très-convenable pour y dresser notre abri, et cette opération ne fut point longue.

Nous ramassâmes ensuite des feuilles sèches pour nous faire un lit et du bois pour cuire nos aliments.

— J'ai souvent réfléchi à ceci, me dit mon guide, tandis que nous allumions nos pipes après souper, que l'animal est plus sage en ses instincts que l'homme avec toute sa raison et sa science. Avez-vous jamais remarqué combien chaque créature sauvage semble être heureuse, et combien tous les êtres vivants, l'homme seul excepté, paraissent goûter les plaisirs qui appartiennent à leur nature?

L'oiseau chante, voltige et saute, s'abandonnant à la gaîté; il agit de même en cherchant la nourriture qui doit le préserver de la faim.

Les écureuils s'en vont, jasant et sautillant dans les arbres, ils bondissent de branche en branche, ou courent en se jouant sur le sol.

Le lapin s'élance gauchement autour de son terrier, redressant ses longues oreilles au moindre bruit, et broutant les herbes et les feuilles tendres qu'il trouve dans la forêt.

Parmi toutes les créatures sauvages qui nous entourent, laquelle semble avoir du souci et du chagrin? Ni les unes ni les autres n'éprouvent l'inquiétude du lendemain, car elles savent que la Providence pourvoira à leurs besoins. Aucun de ces êtres ne fait des plans pour l'avenir ou ne se retourne vers le passé.

Ils vont tout droit dans la vie, jouissant du bien que leur apporte le jour ou la saison, et toujours satisfaits, qu'ils trouvent peu ou beaucoup.

L'animal ne fait jamais violence à sa nature; on ne le

voit point manger ce qu'il n'aime pas, et son instinct lui
fait éviter tout ce qui peut lui être nuisible. Il ne se
rend point à l'endroit où il n'a pas ses allures franches,
et on peut être certain de toujours le trouver à l'endroit
qui convient à ses mœurs.

— Croyez-vous, Monsieur, qu'il en soit ainsi de
l'homme? N'est-il pas un être inquiet, mécontent et
turbulent, cherchant toujours à atteindre un but impossible. A-t-il un pain? il en désire deux, alors même que
le premier n'est pas encore à demi mangé; le second
moisit, pendant qu'il fait cuire le troisième.

Possède-t-il une ferme? il fait tous ses efforts pour en
avoir une autre, tandis que les rats mangent dans le
grenier de la première la moisson et les fruits qu'il y a
enfermés.

Plus l'homme devient riche, plus il est insatiable. Il
thésaurise et travaille, usant sa vie à amasser des richesses qui n'épargneront point la moindre douleur à
son corps, et n'arrêteront pas la venue de la vieillesse;
elles ne retarderont pas même d'une heure sa descente
au tombeau. Et cependant l'homme ne peut ni dépenser
sa richesse ni l'emporter avec lui quand il mourra.

Quoique pauvre, Monsieur, lorsque je prendrai le
chemin qui aboutit de l'autre côté de la tombe, j'empor-
terai avec moi autant de ces trésors, pour lesquels les
gens se donnent tant de fatigues, qu'en possède l'homme
le plus riche du monde.

Celui qui consacre son existence à la recherche de la
science et s'efforce d'acquérir des connaissances supé-
rieures à celles de ses semblables, n'est pas un fou, s'il
ne néglige point son corps, ou ne surcharge point son
esprit en appelant de la sorte sur lui-même la dou-

leur, la maladie, la faiblesse, et en se rendant vieux avant l'âge.

Quand même il acquerrait toute la sagesse du monde et toutes les connaissances auxquelles la nature humaine peut prétendre, il n'en serait pas beaucoup plus avancé, et la montagne qu'il essaie de gravir s'élèvera de plus en plus devant lui, chaque fois qu'il croira en toucher le sommet.

Libre à lui de grimper toujours jusqu'à ce que ses yeux s'obscurcissent et qu'il éprouve des vertiges, la cime lui paraîtra plus éloignée qu'à l'heure du départ. Il lui sera loisible de regarder en arrière, sur le sentier qu'il a gravi, et il y verra mille choses qu'il pouvait étudier en suivant cette route qu'il a négligée.

En s'avançant à travers un brouillard de plus en plus épais, il finira par comprendre que les yeux d'un homme ne peuvent pas percer les ténèbres dans lesquelles s'enveloppe la nature. Il s'apercevra à la fin que la science humaine est bien vaine, et que, quoiqu'on ait réfléchi et étudié, on n'est pas pour cela toujours sûr de savoir.

Dautre part, à quoi sert à l'homme d'amasser tant de science ? Cela ne le rend ni plus satisfait ni plus heureux.

Quant à celui qui, passant ses nuits à étudier et à calculer toutes choses, use son corps en cherchant à approfondir tous les mystères de la nature, il mange mal et ne ressent point les bienfaits du sommeil. Il dépérit peu à peu et meurt bien avant que le problème qu'il cherchait à comprendre ne soit résolu par son intelligence.

Ce n'est pas l'homme qui cherche à acquérir de la science qui agit le plus contre la nature et qui se révolte le plus contre elle.

J'ai vu des jeunes gens buveurs, joueurs et libertins,
et qui cherchaient à s'entraîner les uns les autres dans
les voies de la perversité, et je me disais toujours que
s'ils avaient usé de la raison que Dieu leur avait donnée
et songé à l'avenir, ils auraient pensé aux chagrins qui
sortiraient pour eux des semences pernicieuses jetées au
printemps de leur vie.

Une pareille conduite est bien coupable et ne laisse
que des remords à la vieillesse.

Quand les glaces de l'âge atteindront ces hommes et
que les cheveux gris couvriront leur tête, pareils aux
neiges de l'hiver qui cachent la cime des montagnes, ce
sera pour eux une triste chose que de regarder dans le
passé et de voir qu'ils n'ont laissé en arrière que la désolation, tandis qu'à l'heure actuelle aucun confort ne
les entoure, et qu'il ne leur reste aucun espoir pour l'a-
venir.

J'ai connu plusieurs individus qui ont détruit leur
santé, tué leur corps, anéanti leur esprit et éteint en
eux tous les sentiments humains, par la facilité avec
laquelle ils se laissaient entraîner à faire usage de ces
boissons nuisibles, lesquelles demandent de grandes pré-
parations pour être agréables au goût.

N'est-il pas étrange, Monsieur, de voir un homme
ayant peut-être une femme et des petits enfants qu'il
aime et qui s'attachent à lui dans leurs jeunes affections, pareils à la vigne sauvage qui grimpe et s'enlace
au tronc du vieux chêne ; n'est-il pas étrange, dis-je,
de voir un tel homme s'abandonner à l'intempérance,
étouffer dans son cœur l'amour du père et du mari, re-
jeter l'étreinte passionnée des bras de ses enfants, et
marcher tout droit vers la tombe, malgré les angoisses

de sa femme et les larmes des pauvres petits êtres auxquels il a donné le jour.

C'est là un triste spectacle, auquel vous et moi, Monsieur, avons plus d'une fois assisté; c'est là une existence que je ne peux pas comprendre, une folie de laquelle nul animal ne se rendra jamais coupable.

Il est encore très-pénible de voir les gens violer les lois, piller leurs voisins et se rendre coupables peut-être du meurtre de leurs semblables.

Le crime n'est-il pas une monstrueuse sottise, sans compter le mal moral et le péché contre Dieu?

Je me souviens d'être allé une fois à Plattsburg pendant la session d'un tribunal : j'entrai au palais de justice au moment où l'on jugeait un homme qui avait volé dans une boutique.

Le jury écoutait la déposition des témoins, d'après laquelle il était évident que cet homme était le voleur. Sans aller plus loin, le jury déclara cet homme coupable.

En ce moment, j'aperçus la femme de ce malheureux assise près de lui, tenant un petit enfant dans ses bras, j'entendis les cris et les sanglots qu'elle poussa en se couvrant le visage de l'un des pans de son châle, lorsqu'elle vit qu'il n'y avait plus d'espoir.

Le juge s'était levé; il lut au coupable la sentence qui le condamnait à dix ans de prison.

Je n'oublierai jamais la voix affligée de sa femme infortunée et les larmes abondantes qui coulaient le long de ses joues, quand, désolée, éperdue, elle se sépara de lui.

Je compris alors que le crime est la plus grande folie à laquelle l'homme soit sujet.

Voilà un infortuné (il a toujours existé et il y aura

toujours des milliers de gens semblables à lui), qui a brisé le cœur de sa femme et détruit l'avenir de son petit enfant.

Il a jeté l'opprobre sur sa famille et la honte sur son nom, en se faisant condamner à la prison pour de longues années, et cela pour avoir voulu s'approprier par le crime une somme qu'il aurait pu gagner en une année, grâce à un travail honnête.

Aucun animal ne commettrait une folie semblable. N'est-il pas votre avis, Monsieur?

La raison est un grand bienfait, Monsieur, mais elle n'empêche pas la nature humaine de faire des folies sans pareilles.

CHAPITRE XIX.

Les notes d'un missionnaire. — Les Bisons et les Vaches aux cornes de cerf. — La course des Peaux-Rouges.

Vers le coucher du soleil, le vent avait fait place à un calme parfait. Le lac semblait endormi; aucune vague ne ridait sa surface unie. Qui pourrait habilement décrire la beauté d'une soirée calme et claire, sur un de ces lacs américains?

L'ombre des montagnes et des grands arbres de la forêt s'étend au loin et se réfléchit à l'approche de la nuit, avec des gradations de plus en plus sombres, dans le miroir des eaux profondes. Les petites baies et les sinuosités de la rive se couvrent peu à peu d'obscurité, tandis que les cimes des montagnes se découpent dans le ciel en contours anguleux.

Le bruit de la forêt devient plus perceptible à mesure que les voix humaines s'éteignent avec le jour qui fuit. Les étoiles se montrent l'une après l'autre, dans leur splendeur, puis le moment arrive où les flambeaux du ciel sont tous allumés, et où chacun d'eux brille à la place que Dieu lui a assignée au sein du firmament incommensurable.

Je fis une remarque dans cette soirée : les truites du lac se démenaient, et, à partir de l'instant où le soleil disparut derrière les montagnes, nous les vîmes s'ébattre au sein des ondes.

Tantôt nous apercevions l'une d'elles nageant entre deux eaux et laissant à sa suite un long sillage qui marquait sa route. Plus loin, une autre apparaissait à la surface, soulevait sa tête et replongeait tout-à-coup en agitant la queue au moment où elle disparaissait dans l'eau.

Un moment après, un autre poisson énorme s'élançait hors de l'eau dans sa folle allégresse, frétillant dans l'air, puis retombait gauchement dans le lac.

Nous profitâmes de cette occasion pour essayer de pêcher quelques-unes de ces truites, mais elles étaient trop frétillantes pour mordre à l'hameçon, et nous les laissâmes à leurs ébats.

— Monsieur, me dit Tucker, pendant que nous ramions lentement vers la pointe du lac, j'ai lu dans un livre imprimé dans lequel il est question des colonies primitives de cette contrée, qu'il y a longtemps, bien longtemps, quand tout l'Etat de New-York et chaque pied de terre au midi des lacs, à l'ouest des défrichements et tout le long des côtes de la mer, jusqu'au Mississipi, comme aussi au-delà de l'Océan, n'était qu'une vaste solitude, un missionnaire jésuite ayant conçu le désir de convertir les Peaux-Rouges à la foi catholique, remonta le Saint-Laurent dans un canot, traversa l'Ontario et se dirigea vers le lac Erié.

Ce voyageur prit des notes sur toutes les choses curieuses qu'il avait remarquées, et il envoya son manuscrit dans son pays natal, en France. Il était resté inédit depuis quelques années, quand il fut découvert par un libraire qui l'imprima.

On m'a assuré que ce missionnaire était le premier homme blanc qui avait traversé le fleuve Saint-Laurent et côtoyé l'Ontario. Seul, entre tous les êtres civilisés, les mugissements des chutes du Niagara avaient frappé ses oreilles, et il lui avait été permis d'admirer celles du Tennessée.

C'était certainement une grande découverte, mais quelles qu'aient été les découvertes du missionnaire, le monde n'est pas devenu plus éclairé.

Par malheur, cet explorateur montrait peu de goût pour l'histoire naturelle; il n'étudiait pas et ne faisait aucune attention aux créatures sauvages des forêts. Dans tout le cours de son voyage, il ne songeait qu'à convertir des sauvages, à sauver des pécheurs. C'était fort bien, mais ce n'était pas assez pour la science.

Il est bien fâcheux, Monsieur, que vous et moi n'ayons pas fait partie de cette excursion, le monde civilisé serait mieux renseigné sur l'état de cette contrée à cette époque, sur les animaux, les oiseaux et les plantes de ce pays admirable.

Un homme de Plattsburg, qui avait visité les lacs Shazée et Shatagu avec moi, me montra dans un livre le vieux journal du missionnaire, et je pris bonne note des seuls faits qu'il y raconte à propos du gibier.

J'ai lu attentivement cet ouvrage et je sais par cœur tout ce qui m'intéresse.

« Je voyageais, écrivait-il, à travers de grandes prairies, lorsque nous aperçûmes en divers endroits d'immenses troupeaux de taureaux et de vaches sauvages dont les cornes avaient quelque rapport avec les andouillers du cerf.

» Un troupeau de vingt vaches, raconte-t-il dans un autre endroit, s'avançait à notre rencontre et vint se jeter dans les eaux du lac. On en tua quelques-unes à l'aide d'une hache. »

Autant qu'il m'en souvient, ceci se passait le long du Saint-Laurent, au-dessous des Mille Iles, vers l'embouchure du lac Champlain.

Ces vaches et ces taureaux sauvages ne pouvaient pas être des élans, à moins toutefois qu'on doive croire que la nature des animaux ait changé depuis cette époque, car il n'existe pas dans toutes les forêts d'animal plus ombrageux et plus sauvage, qui évite l'homme avec plus de soin que l'élan. Ce quadrupède est fort rusé, et ses habitudes ne sont en rien semblables à celles qu'a décrites le missionnaire.

Vous savez bien, Monsieur, que l'élan ou le caribou est un animal solitaire, vivant dans les plus profondes retraites des bois, et ne se réunissant pas en troupe.

Il me paraît peu probable enfin que les bisons aient jamais quitté les riches pâturages du Fart-Wert et se soient égarés vers le nord du Saint-Laurent pour y souffrir de la faim au milieu des bois, au sein de l'hiver, et pour y être dévorés par les insectes pendant les cha-

leurs de l'été. Les pauvres animaux eussent fait meilleure chère dans leur pays natal, et ils eussent agi contre
leurs instincts naturels.

J'ai bien entendu parler des sentiers battus par eux,
sur les montagnes Alleghany. On m'a assuré qu'autrefois on trouvait ces quadrupèdes dans l'Ohio et peut-
être même vers l'ouest de New-York, mais je n'ai jamais cru qu'ils soient venus si loin dans l'est et le nord
de cet Etat.

Il n'existe pas, parmi les Indiens, de tradition qui
prouve le passage de ces animaux dans ce pays. Et
d'ailleurs, les bois des bisons ne ressemblent en aucune
façon aux cornes du cerf. Ces vaches et ces taureaux
sauvages n'étaient donc pas des bisons, et mon avis est,
Monsieur, que ce n'étaient pas non plus des élans.

Ils appartenaient indubitablement à une race inconnue à notre époque, et bien que j'aie souvent porté ma
pensée sur ce sujet, je ne me suis jamais rendu compte
sur ce que pouvaient être ces animaux.

Il est cependant certain qu'il y avait des taureaux
munis de cornes semblables à celles de nos daims à l'é-
poque où le missionnaire voyageait dans le pays, car
cet homme, cela va de soi, était honnête et craignant
Dieu, et il n'eût pas voulu mentir. Après tout, son livre
ne parle pas longuement de ces ruminants, il ne con-
tient aucune exagération à leur sujet, et se borne à cons-
tater simplement le fait.

Si le missionnaire en question, ajouta Tucker, nous
eût raconté des faits relatifs au gibier, aux bêtes, aux
oiseaux, et à l'aspect du pays; s'il nous eût spécialement
renseigné au sujet de ces vaches et de ces taureaux sauvages, dont les cornes ressemblaient à celles du cerf, il

eût fait une œuvre de laquelle on se fût souvenu, et le monde scientifique l'eût fort remercié.

Rien n'est plus irritant, Monsieur, pour des hommes comme vous et moi, de ne voir se lever qu'un petit coin du voile qui cache des faits que nous eussions fort désiré apprendre.

J'avoue que j'ai une certaine rancune contre ce missionnaire, depuis que j'ai lu son journal.

Quel dommage qu'il ne se soit pas fait accompagner d'un chasseur qui l'eût aidé à décrire ses observations relativement aux êtres sauvages, en laissant au chasseur d'âmes le soin de relater les gestes de sa mission chez les sauvages aborigènes.

— Quel enragé trappeur vous êtes, mon ami Tucker! dis-je à mon guide.

— Je conviens de mon défaut, si c'en est un, Monsieur, répondit-il; mais, aujourd'hui que tout le monde connaît la nature des Indiens et ce qu'ils valent, je ne vois pas l'intérêt qu'on éprouve à lire une narration qui les concerne et à apprendre ce qu'ils étaient il y a deux cents ans. Je voudrais, moi, si je savais écrire, faire, à mesure que le pays vieillit, une étude intéressante, en jetant un coup d'œil vers les choses du passé et en décrivant ce qu'était l'histoire naturelle des êtres animés, autres que les hommes, qui peuplaient la contrée en ce temps-là. Je voudrais raconter quelles espèces ont entièrement disparu de la surface du globe et celles qui y ont été laissées, afin d'examiner quels sont les changements que la présence de l'homme blanc et la civilisation qui l'accompagne ont apportés.

De nos jours, toutes ces choses sont livre fermé pour nous, précisément parce que les gens qui ont voyagé à

cette époque ne pensaient pas aux étonnants changements qui allaient se produire dans cette grande contrée
où l'on est parvenu à civiliser la nation indienne et à
la convertir au christianisme.

J'ai toujours pensé que la place naturelle des Indiens
se trouve dans les bois, comme celle de l'élan, des panthères et des daims. Selon moi, les Peaux-Rouges sont
destinés à disparaître avec le défrichement des forêts,
comme cela arrive à toutes les bêtes sauvages.

CHAPITRE XX.

**Un chat sauvage. — Excursion autour du lac. Le bas Saranac.
— Combat entre une panthère et un ours.**

Nous étions retournés du côté de la culée du lac, et
quand vint le soir nous nous éloignâmes avec regret du
voisinage de la plus belle de toutes les nappes d'eau de
cette grande solitude.

Admirable nature que nous quittions au milieu des
vieilles forêts primitives, mais en étant persuadés que
ce pays serait un jour le rendez-vous de milliers de tou-
ristes en quête de distractions et fuyant l'atmosphère
torride des villes, pour trouver le repos et la tranquillité
dans la campagne.

Nous pénétrâmes de nouveau dans le lac Racket en
nous dirigeant, sans nous presser, pendant une distance
de cinq milles, du côté du Long-Neck (le cou allongé),
petit lac calme, aux eaux limpides, mais d'un aspect
bien différent du lac Tupper.

A un demi-mille environ au-dessous de ce dernier,

la rivière vient se briser contre une solide muraille de rochers, élevée d'une soixantaine de pieds, s'étendant à peu près d'un quart de mille, de laquelle le courant s'éloigne à angle droit en fuyant à plus d'un mille à travers une prairie naturelle qui s'étend vers l'une et l'autre rive sur une étendue de cinquante mètres, dans la direction des bois qui environnent ce paysage.

Le Long-Neck s'étend en longueur à quatre ou cinq milles, tandis que sa largeur n'est que d'un mille.

Vers l'extrémité supérieure du lac, du côté où la rivière vient y mêler ses eaux, le terrain est escarpé et très-élevé, tandis que vers la sortie, les yeux se reposent sur une vaste prairie toute verdoyante ombragée par des arbres au feuillage épais.

Regardez autour de vous, et rien ne vous ôtera de la pensée que vous vous trouvez devant une grande et belle ferme, ayant à droite un immense verger entouré de vieux ormeaux laissés sur pied par les défricheurs qui ont abattu la forêt.

Et cependant cet admirable paysage n'est qu'un désert tel qu'il a été depuis des milliers d'années.

Nous passâmes la journée sur ce lac, et l'après-midi nous dressâmes notre tente sur ses rives.

Un peu avant le point du jour, Schalk bondit tout-à-coup hors du lit de feuilles qu'il occupait à nos pieds, et s'élança dans le fourré avec une sorte de fureur.

Nous l'entendîmes à quelques mètres de nous poursuivre chaudement un être invisible, et un instant après, un bruit semblable à celui que ferait en grimpant un animal armé de griffes aiguës frappa notre ouïe.

Nous reconnûmes aussitôt que le gibier qu'il poursuivait s'était élancé dans les branches d'un arbre.

Un grondement sourd et continu se fit entendre, et mon guide s'écria gaîment, en sautant sur ses pieds :

— Halloa! c'est un chat sauvage!

Cet animal n'est pas rare dans les forêts de l'Amérique du Nord, et cependant nous n'avions pas eu l'occasion d'en apercevoir un seul jusque-là.

Nous encourageâmes Schalk, qui s'assit sur son train de derrière en aboyant au pied de l'arbre, jusqu'au moment où le jour se leva.

Nous pûmes alors voir, couché le long d'une grande branche d'arbre, un catamount dont les gros yeux, ronds et gris, se fixaient avec une fureur continue sur l'ennemi placé au-dessous de lui. Sa tête reposait sur l'un des côtés de la branche, et on l'entendait gronder sourdement.

Il eût eu plus de force que le chien, grâce à ses grandes griffes et à ses dents aiguës, mais il n'avait pas le courage nécessaire pour descendre et entreprendre sur le sol un combat loyal.

Dès qu'il fit assez clair pour que je fusse certain de mon coup, je relevai mon fusil le long d'un jeune arbre, j'ajustai le catamount à la tête, et je tirai.

Le félin rejeta sa tête par un mouvement convulsif entre ses deux pattes de devant, il parut pendant un instant étreindre plus étroitement la branche sur laquelle il était perché, et quand ses muscles se furent détendus l'un après l'autre, il roula et tomba lourdement par terre.

Au moment où le chat sauvage toucha le sol, Schalk se précipita sur lui, mais c'était peine inutile; il était mort.

Cet animal était tout petit dans son espèce, de couleur

grise et quelque peu bigarrée, et sa tête me parut très-proportionnée à son corps.

Quant à sa queue, longue de huit à neuf pouces, elle ressemblait à celle d'un renard.

Notre première intention était de traverser tout le désert, situé entre Clinton et le nord du comté d'Herkimer, mais nous nous fussions trop retardés en suivant cette route : nous résolûmes de nous en retourner par le bas du haut Saranac et de suivre le cours de la rivière de ce nom.

Nous retournâmes donc vers la culée du lac Tupper. Là, nous nous embarquâmes encore pour nous arrêter à la cabane que nous avions dressée sur ses bords, et la soirée du jour suivant nous trouva à la hutte du sang-mêlé, sur le bord du petit lac dont j'ai précédemment parlé.

Ce brave homme m'offrit encore son lit, mais j'avais gardé le souvenir de la première nuit, et je préférai un amas de feuilles sèches placé sous un abri que nous construisîmes à la hâte sur le bord du lac.

Le lendemain matin, nous étions à l'extrémité du haut Saranac, où nous nous embarquâmes de nouveau. A deux ou trois milles de là, vers la sortie, Tucker fit passer notre canot sur les brisants et les rapides, à travers mille dangers, et nous entrâmes enfin dans le lac Rond.

Cette belle nappe d'eau, située entre le haut et le bas Saranac, est admirablement bien nommée, car elle est presque circulaire, et peut avoir de dix à douze milles de circonférence.

Vers la rive nord-ouest et à un demi-mille de la terre ferme, se trouve une île d'environ deux cents acres.

Tucker désigna cet endroit pour débarquer, et Schalk s'empressa de donner la chasse à un daim énorme qui paraissait être le seul maître de l'île.

Après avoir fait trois fois le tour de son domaine, l'animal éperdu, dans sa course rapide, se jeta à l'eau et se sauva vers la terre ferme.

Nous ne tentâmes rien pour l'empêcher de fuir.

Notre dîner, qui eut lieu en cet endroit, se composa de gélinottes rôties. Nous cueillîmes pour dessert des fraises sauvages qui mûrissaient en grand nombre tout autour de nous.

Après avoir fait la sieste, nous nous mîmes en route vers le bas Saranac, où nous nous proposions de passer la nuit dans une île située à un mille ou deux de la partie la plus éloignée.

— Ce paysage me rappelle une histoire que le vieux Peter Meigs me raconta certain jour, me dit Tucker, tandis que nous avancions sur le lac, à propos d'un fait dont il fut une fois témoin, il y a quelques années, près du lac Saint-Régis, à l'époque où il errait seul dans les bois.

Je vous ai dit précédemment, Monsieur, ajouta Tucker, que Peter était déjà un vieillard lorsque je sortais à peine de l'adolescence.

Il se plaisait à venir passer des semaines et des mois au milieu des forêts, des lacs et des montagnes de cette région sauvage. J'ai toujours considéré Peter comme un original plein de bizarrerie et parfois d'hypocondrie.

Je veux vous raconter, avant de nous séparer, certains événements qui contribueront certainement à lui donner ce caractère. Peter n'avait ni femme, ni enfants, ni parents, et je sais qu'il m'aimait plus que tout au monde.

Le pauvre vieux n'éprouvait ni haine ni aversion pour personne, si ce n'est, toutefois, pour les Peaux-Rouges, qu'il abhorrait.

Ah! si les sombres et profondes forêts pouvaient raconter les événements, noùs apprendrions d'étranges histoires sur le compte des Indiens qui rencontrèrent sur leur chemin le vieux Peter au milieu des bois, et qui ne revirent jamais leurs wigwams.

Il y a bien longtemps de cela.

C'était à l'époque où l'herbe recouvrait les tombes de son père, de sa mère, de ses frères et sœurs massacrés par ces maudits assassins, et Peter avait alors au cœur une ardente soif de vengeance.

Mais assez sur ce sujet, Monsieur, je reviens à l'anecdote que j'avais l'intention de vous raconter.

Peter, se rendant un jour de Saint-Régis à l'étang de Big-Clear, marchait sur la crête d'une montagne, lorsqu'il lui prit la fantaisie de prendre pour siége le tronc d'un arbre abattu, pour s'y reposer.

Tandis qu'il se trouvait en cet endroit, il entendit parmi les broussailles un bruit semblable à celui que fait un animal s'enfuyant à la hâte devant une autre bête qui le poursuit d'assez près.

Au même instant, un ours parut près de lui, à dix mètres de distance, grognant et semblant se parler à lui-même, comme cela arrive quelquefois à ces animaux.

On eût dit que l'ours était fort effrayé, quoiqu'il se doutât peu que le vieux Peter et sa carabine fussent si près de lui.

Ces terreurs, paraît-il, ne sont pas fort salutaires à la santé des ours, et m'est avis que si celui-là eût connu le danger qu'il courait, cette nouvelle eût peu contribué à calmer son effroi.

A peine une minute s'était écoulée, que le vieux Peter entendit distinctement les bonds d'un autre animal, accourant, rapide comme la mort, sur la trace de l'ours.

Tout-à-coup, une énorme panthère, le poil hérissé, se montra, poursuivant maître Martin sur la crête de la montagne.

Peter ne fut pas fâché d'être caché à tous les yeux. Il continua sa marche en se dirigeant vers l'autre versant de la montagne, car il désirait assister au combat qui, suivant toute apparence, ne pouvait manquer d'avoir lieu.

En effet, à quarante ou cinquante mètres plus loin, vers un des côtés de la vallée, à un endroit où les broussailles n'étaient pas assez épaisses pour cacher les combattants, il les vit se rejoindre.

L'ours, me raconta le vieillard, comprit qu'il était inutile de fuir plus loin, et au moment où la panthère l'atteignit, il se redressa, et, se tournant vers elle, lui montra une rangée de dents qui valaient la peine qu'on y fît attention. Mais toutes ces démonstrations furent inutiles : la panthère fit le gros dos, et sans s'arrêter à adresser des questions oiseuses à l'ours, elle se précipita sur lui. Les deux animaux, se culbutant, dévalèrent au bas de la colline, l'ours hurlant et mordant, et la panthère agissant de même, tout en déchirant son adversaire avec ses griffes acérées.

La lutte ne fut pas de longue durée.

12

Les ongles et les dents de la panthère étaient beaucoup trop tranchants pour l'ours, qui resta sur le champ de bataille et exhala bientôt le dernier soupir.

Lorsque le combat fut terminé, la panthère se montra très-satisfaite. Elle n'était pas gravement blessée, et Peter la vit se rouler sens dessus dessous parmi les feuilles, se frottant les flancs comme le fait un chien pour nettoyer ses plaies, et pourléchant ensuite ses jambes, ses côtes et les autres parties de son corps, afin de se donner de nouveau une mine propre et décente.

Le brave Peter pensa que l'heure était venue pour lui, de prendre part au combat.

Il se mit à ramper de façon à prendre sa distance, et visant la panthère avec son long fusil, il lâcha enfin la détente.

L'animal bondit, et après avoir mordu la terre et s'être débattu convulsivement, resta enfin immobile.

Peter s'approcha alors et le dépouilla tranquillement de sa peau, comme il le fit aussi à l'ours; puis il continua sa route.

Quelle avait été la cause de la querelle entre les deux animaux?

Le vieux Peter ne la trouva point, mais il était clair que l'ours s'était mêlé de quelque chose qui ne le regardait pas, et qu'il s'était mis dans un embarras qui lui coûtait la vie.

La panthère, Monsieur, est un animal dont la rencontre n'a rien d'attrayant, surtout quand elle hérisse son poil sur son dos. Ce qu'ont de mieux à faire les gens et les animaux au milieu des bois, c'est de l'éviter et de lui laisser toute la place, en pareil cas.

J'ai vu une panthère dans une semblable circons-

tance, et encore était-elle hors d'état de me nuire, car
elle ne pouvait m'atteindre.

Je lui avais brisé les deux jambes de derrière d'un
coup de fusil, mais il était évident que sans cette blessure elle se fût précipitée sur moi.

J'avais souvent entendu parler de l'éclat des prunelles
d'un animal en fureur, et je compris alors que ce qu'on
disait était vrai. La phosphorescence de ses yeux était
effrayante, et je me trouvai bien aise d'être hors des
atteintes de ses griffes.

A moins d'être provoquée ou d'être poussée par la
faim, la panthère n'attaque pas l'homme.

Pour peu que le chasseur la laisse tranquille, elle ne
s'occupera pas de lui.

Comme toutes les bêtes de son espèce, celle-ci est plus
forte que courageuse, et à moins d'être absolument obli-
gée de se battre, elle évite la lutte.

Je n'ai jamais eu peur des panthères, ajouta mon
guide, et, Dieu merci, j'en ai tué passablement autrefois; mais, en général, je préfère les laisser passer tranquilles, à moins que je sois certain de les blesser mor-
tellement.

Blesser une panthère ou un ours est une mauvaise
affaire, ai-je entendu dire; je les ai autrefois laissé
échapper quand je n'étais pas sûr de les tuer du premier
coup.

Ces animaux sont peu nombreux de notre temps, et
l'on n'en voit plus qu'à de très-rares intervalles.

Il y a vingt-cinq ans, la chasse en question n'était
pas au nombre de celles dont on dût tirer vanité; mais
comme les ours et les panthères ont à peu près disparu
de l'Etat, dans un certain laps de temps on sera obligé

d'avoir recours aux livres d'histoire naturelle pour connaître leurs mœurs et leur forme. Il en sera de même que pour les élans et les catamounts de la contrée du Shatagu.

Tous les Indiens ont disparu, les autres créatures sauvages les suivront de près, tandis que, d'un autre côté, les hommes de la trempe du vieux Peter Meigs et de moi disparaîtront pareillement.

Les voyageurs n'auront plus besoin d'un guide, car il n'y aura plus, sur le territoire, de forêts assez vastes pour qu'on s'y perde.

Notre mort ne sera peut-être pas une grande perte pour le monde civilisé, car nous ne sommes pas très-utiles. Or, quand les hommes de notre profession auront disparu, nous ne serons regrettés que de nos meilleurs amis.

CHAPITRE XXI.

L'histoire du vieux Peter Meigs. — Le massacre et ce qui s'en suivit.

— Je vous ai promis l'autre jour, me dit Tucker, de vous conter, avant de nous quitter, l'histoire du vieux Peter Meigs ; je vais vous faire ce récit, si vous le voulez bien.

Les aventures que ce brave homme avait eues n'étaient pas de la nature de celles dont on aime à s'entretenir ; aussi ne m'en a-t-il jamais parlé qu'une fois.

Je vous ai déjà dit que Peter était un misanthrope très-bizarre, et même fort sombre quelquefois. Il y avait dans les bois certains endroits pour lesquels il semblait éprouver une préférence marquée, et dans le nombre on comptait le lac Saint-Régis.

Peter séjournait aux alentours de cette nappe d'eau des jours et des semaines entières.

On eût dit qu'il se trouvait là comme chez lui, pendant les mois d'été.

Un jour, pendant que nous ramions le long d'une falaise escarpée, sur ce même lac Saint-Régis, Peter me raconta l'histoire de sa jeunesse et les événements grâce auxquels sa vie tout entière avait été couverte d'un voile de deuil et de désolation, ce qui avait fait de lui un homme hypocondriaque, qui évitait la compagnie de ses semblables.

— Je suis né, me dit-il, dans la contrée du Mohawk, et je me souviens bien que la maison de mon père et les terrains qui en dépendaient se trouvaient situés derrière les autres terrains de tous nos voisins, dans une vallée longeant un cours d'eau, lequel descendait des collines.

A ce moment-là, l'on redoutait le commencement d'une guerre avec les Peaux-Rouges, et le pays était dangereux à habiter. Quoi qu'il en fût, mon père n'était point de cet avis.

Je me souviens particulièrement de ma mère, une femme chrétienne s'il en fut jamais.

Mes petites sœurs et mon frère, tous plus jeunes que moi, nous nous asseyions autour d'elle, dans la soirée, et nous l'écoutions lire un livre pieux, à la lueur d'une torche de bois résineux placée dans l'âtre; puis nous chantions les cantiques que nous connaissions, tandis qu'elle s'agenouillait en implorant pour nous la miséricorde de Dieu, qui entend les prières de ses enfants, même dans la profondeur des forêts et dans la solitude des bois.

Notre famille était alors heureuse. Nous étions là tout seuls au milieu de ce désert, et j'aimais d'autant plus mon père et ma mère, mes petites sœurs et mon frère, que nous vivions ainsi dans la solitude, et aussi parce que je n'avais jamais aimé ni été à même d'aimer d'autres êtres.

Oh! c'est une triste chose de penser que tous ceux que j'affectionnais sont morts dans l'éclat de la jeunesse, de la force et de la beauté, tous à la fois, victimes du tomahawk et du scalpel des Peaux-Rouges! Quelle douleur j'éprouve en songeant que leurs corps furent brûlés au milieu des flammes qui dévorèrent leur demeure.

J'étais alors un fort garçon de quinze ans, passablement adroit pour mon âge. Je me dirigeai un jour vers le Mohawk, où j'allais chercher le médecin pour mon père, tombé malade depuis la veille.

Il me fallut franchir trois lieues à pied, pour me rendre chez lui; lorsque j'arrivai, le docteur était aussi malade et dans l'impossibilité de m'accompagner. Il me donna, pourtant, quelques médicaments pour mon père, et je rebroussai chemin.

Il faisait déjà nuit depuis quelque temps quand j'arrivai en vue de notre demeure.

Je n'avais pas suivi la grand'route, mais bien un sentier à travers les bois. Lorsque je parvins près du ruisseau et que je l'eus traversé sur un tronc d'arbre jeté en travers, j'aperçus dans les ténèbres des formes humaines autour de la maison.

Je reconnus aussitôt des Peaux-Rouges et je sentis mon cœur faiblir dans ma poitrine, car je compris que ces misérables sauvages se trouvaient là pour faire du mal.

Je me cachai donc au milieu d'un épais massif d'arbustes d'où je pouvais apercevoir notre logis, car je n'osais plus avancer.

Je ne portais aucune arme sur moi. Je me dis que si les Peaux-Rouges étaient là pour commettre un crime, le bon Dieu aiderait mes parents et leurs petits enfants, car il m'était impossible de leur être d'aucun secours.

Tout-à-coup la porte vola en éclats; les sauvages poussèrent un cri de guerre féroce, et je les vis s'élancer dans la maison comme des démons.

J'entendis les cris de mes petites sœurs et ceux non moins aigus et perçants que poussa ma mère.

Un nuage me déroba en ce moment ce qui se passait autour de moi, je perdis l'usage de mes sens, on eût dit que j'étais mort.

Quand je revins à moi, je vis les flammes qui consumaient la maison de mon père s'élever vers le ciel, éclairant comme la lumière du jour notre petit défrichement et les bois qui l'environnaient.

Je vis les sauvages danser et hurler autour des ruines fumantes de notre cabane. Sur une perche portée par l'un d'eux, pendaient sanglantes les chevelures de ma famille; tout y était, depuis les cheveux noirs de mon père et les longues tresses de ma mère, jusqu'aux boucles soyeuses de mon frère et de mes petites sœurs.

Un étrange sentiment de rage s'empara de moi. J'avais perdu tout espoir, mais je n'éprouvais aucune crainte, et il me semblait que je fusse devenu un être

nouveau. Je voyais clairement et nettement toutes
choses et je crus être capable de reconnaître à tout jamais
les traits des Peaux-Rouges sous la couche de peinture
de guerre qui leur couvrait le visage, quelles que fussent leurs sauvages contorsions. Il me sembla les reconnaître tous pour des gens que je voyais chaque jour,
bien que je n'eusse jamais aperçu aucun d'entre eux. Je
pouvais désormais les reconnaître entre mille, sans
qu'aucun déguisement fût capable de m'en empêcher.

Ils étaient au nombre de huit : celui qui portait la
perche aux chevelures ensanglantées me parut plus
grand, d'une tête environ, que tout le reste de la troupe.
Je remarquai ses bras presqu'aussi longs que ceux d'un
singe; il avait dans le coude une certaine raideur qui
paraissait provenir d'une ancienne blessure.

Tandis que je demeurais tapi dans les buissons, je
comptais les Peaux-Rouges, qui se livraient à une danse
infernale autour de ces décombres calcinés.

Je n'éprouvais ni colère, ni chagrin, ni terreur. Une
tranquillité étrange s'était emparée de moi.

On eût dit que je regardais sans aucune autre pensée que celle d'étudier le visage et les formes de ces
Indiens.

Pourquoi cela?

Je n'aurais su le dire. Ma sensibilité semblait s'être
éteinte. J'oubliai père, mère, frère, sœurs, en contemplant ces chevelures sanglantes et en regardant les
visages de ces démons rouges qui dansaient autour de
moi.

Au bout de quelque temps, les Indiens poussèrent un
dernier et horrible hurlement et s'éloignèrent l'un après
l'autre, en se dirigeant vers la forêt. Ils passèrent tout

près du buisson dans lequel je m'étais caché. Celui qui portait les chevelures marchait en avant, suivi par le reste de la troupe. Je contemplai leur visage aussi bien que je vois le vôtre, Tucker, me dit le vieux Peter Meigs.

Je crus d'abord que ces misérables ne manqueraient pas de me découvrir au moment où ils seraient près de moi, en s'éloignant pour s'enfoncer dans les bois silencieux, mais il n'en fut rien.

A peine eurent-ils disparu, qu'un assoupissement lourd, comme le sommeil de la mort, s'empara de tout mon être. Je faiblis de nouveau et je tombai profondément endormi.

Lorsque je m'éveillai, le soleil était brillant.

Je regardai devant moi, à travers le taillis, et j'aperçus des gens du voisinage, qui se trouvaient devant l'amas des ruines.

Je fus vraiment très-surpris de les voir tous là. Je jetai aussitôt les yeux du côté de la maison de mon père, et je ne vis plus, à l'endroit où elle était jadis, qu'un monceau de débris fumants.

En sortant de ma cachette, je m'avançai au milieu des gens qui se trouvaient rassemblés en ce lieu. Je les entendis causer, mais ces paroles me semblaient être celles que l'on entend dans un rêve.

Bientôt, cependant, la mémoire des faits accomplis me revint peu à peu, et lorsque je me souvins de ce que j'avais vu, une douleur surhumaine s'empara de moi.

Je me trouvais dans l'impossibilité de pleurer, mes yeux se refusaient à verser des larmes. Ma langue ne pouvait proférer un seul mot, et je poussais des cris inarticulés, comme le font les êtres privés de raison.

Les voisins accoururent alors près de moi, ils me parlèrent avec bonté et je me souviens qu'un vieillard, passant doucement son bras sous mes épaules, m'entraîna vers la petite source. Après m'avoir fait asseoir sur l'herbe verte, il trempa sa main dans l'eau froide et frictionna mes tempes brûlantes.

L'excellent homme s'assit ensuite près de moi et m'attira doucement sur son sein.

En ce moment-là je crus m'appuyer encore sur ma mère, et les larmes jaillirent de mes yeux, comme la fontaine jaillit sous le rocher.

Ces pleurs me firent revivre et je racontai alors, aux amis qui m'entouraient, l'horrible spectacle auquel j'avais assisté.

A peine avais-je achevé, que dix hommes vigoureux et armés de fusils s'élancèrent, altérés de vengeance, sur les traces des meurtriers de ma famille, au milieu de la forêt profonde.

Je restai devant ces ruines qui achevaient de se consumer, pendant qu'on en retira les corps brûlés de mes seuls parents.

Au milieu de cette désolation, j'apercevais des masses informes, restes inanimés qui avaient été mon père, ma mère, mon petit frère et mes sœurs.

Ils furent enterrés sans cercueil dans une fosse creusée à la hâte, et tout ce que j'ai jamais aimé, la seule famille que j'ai jamais connue, repose là, sous un tertre, recouvert par les mains amies des colons de la rivière Bottom.

Je fus ensuite entraîné par ces braves gens, le cœur triste et brisé. Je n'avais plus personne à aimer, plus personne pour qui je dusse vivre. Toute ma famille était perdue pour moi, et désormais je me trouvais seul au monde.

Mes amis me donnèrent tous de nombreuses marques de sympathie, et j'étais reçu chez eux comme un des leurs.

Quoi qu'il en fût, je me sentais bien isolé. Je n'entendais plus les voix qui m'étaient chères, je ne voyais plus les visages que j'avais aimés, et toutes les choses auxquelles mon cœur restait attaché avaient disparu.

J'avais été emmené le matin en question par le vieillard qui baignait mes tempes auprès du petit ruisseau, et pendant quelque temps j'habitai avec lui dans son log-house.

Je vous ai déjà dit, ajouta le vieux Peter Meigs, que j'étais pour mon âge un garçon vigoureux et robuste. Je travaillai donc pour ce brave homme du matin au soir.

Levé avant le soleil, je m'en allais travailler à côté d'hommes faits pendant toute la journée, et accomplissant autant de besogne que l'un d'eux en pouvait faire.

Consumé d'une ardente soif de vengeance qui ne me laissait aucun repos, je n'avais qu'un but et qu'un espoir : faire périr à mon tour ceux qui avaient jeté le deuil sur toute ma vie.

Pour cela, j'avais besoin d'un fusil, il me fallait apprendre à m'en servir.

Ce jour arriva enfin, où je possédai assez d'argent pour acheter une arme, et cette arme, je vous l'assure, mon cher Tucker, me dit le vieillard, valait bien le prix qu'on m'en demanda. J'en ai fait usage pendant vingt-cinq ans, et si je ne l'ai plus maintenant, c'est que je l'ai perdue' par accident, dans les eaux profondes du Saranac.

Quand je fus possesseur d'un fusil, je continuai à travailler pour me procurer les autres objets indispensables à un chasseur : dès que j'eus atteint mon but, je quittai le travail des champs et je m'éloignai dans les bois.

Je passai des jours et des semaines dans le désert, étudiant la nature, observant les habitudes des animaux sauvages, les signes des forêts, et suivant aussi les traces des bêtes féroces.

J'étudiais pour apprendre, comme étudient dans les livres les jeunes gens qui vont à l'école.

J'avais besoin de devenir plus habile dans la science des forêts que les Peaux-Rouges eux-mêmes, et je le souhaitais avec passion pour tirer vengeance de cette tribu maudite.

Tel était le but, telle était la pensée de toute ma vie.

La paix était signée entre le gouvernement américain et les Indiens, mais la guerre que j'allais faire à ces derniers devait bientôt commencer.

J'étais jeune, je n'avais pas encore dix-neuf ans, et toutes les années de ma vie devaient être consacrées à une longue guerre contre eux.

Les visages des huit misérables auteurs de la mort de mes parents bien-aimés pendant cette horrible nuit, se présentaient toujours à mon souvenir. J'aurais pu les reconnaître au milieu d'une foule de têtes.

Chaque nuit, je les apercevais en songe, et de jour en jour leur image se dessinait devant moi plus nette et plus distincte, à ce point que je les voyais en personne aussi clairement que je vous vois à cette heure.

Je sentais bien que je ne pourrais goûter de repos qu'après les avoir chassés et massacrés.

Je vous ai raconté que, dans la matinée qui suivit l'assassinat de ma famille, dix colons s'étaient élancés sur les traces des meurtriers. Ces braves gens avaient poursuivi les Peaux-Rouges pendant cinq jours, mais ceux-ci avaient passé l'eau vers le lac Georges. Une plus longue poursuite eût donc été inutile.

Nous sûmes par la suite que ces assassins appartenaient aux tribus réunies autour du Saint-Laurent, par-delà le bas Shatagu.

Cinq ans après le meurtre de ma famille, je me dirigeai vers le lac Champlain.

Je parvins bientôt au-delà de la pointe Rousse, puis, une fois là, j'entrai dans les bois. Je bâtis une cabane sur le bord de la rivière Shatagu et je m'y installai pendant une quinzaine de jours.

Je me trouvais un matin sur le sommet d'une colline dominant la forêt, quand j'aperçus à quelque distance une fumée bleue qui s'élevait en spirales au milieu des arbres.

Je reconnus bientôt un wigwam indien, et aussitôt le plus grand désir de vengeance s'empara de moi.

Je rampai alors comme une panthère, de façon à pouvoir jeter un coup d'œil dans le wigwam, et j'aperçus, assis auprès d'un feu, deux Peaux-Rouges fumant leurs calumets.

Le soleil descendait à l'horizon; je crus pouvoir être certain que nul autre Indien ne viendrait rejoindre ceux-ci. Je distinguai, accrochés aux arbres, deux daims tués et à moitié dépecés. Des morceaux de venaison enfilés dans des ficelles étaient appendus sur des gaules tout autour du campement.

Je me glissai plus près encore, et dans l'un des sauvages qui se leva en se tournant de mon côté, je reconnus le gigantesque individu aux longs bras qui dansait autour de la maison de mon père pendant qu'elle était la proie des flammes, celui qui portait les chevelures scalpées de mes parents massacrés.

Quant à l'autre, dès qu'il me montra son visage, je me souvins aussi qu'il était un des huit personnages dont la figure était toujours restée présente à mon souvenir depuis cette horrible nuit.

Vous ne sauriez comprendre quelle joie je ressentis, en voyant ces misérables là, devant moi. Je les couvais d'un regard enflammé, comme le tigre quand il guette sa proie du sein de la retraite cachée où il se tient tapi.

Le monde entier n'aurait pas réussi à obtenir leur vie sauve. J'eusse repoussé avec mépris des monceaux d'or offerts en échange de leur existence, et les prières des meilleurs hommes de la terre ne les eussent pas arrachés à ma fureur. Ils se trouvaient donc en mon pouvoir, ceux qui avaient porté le deuil dans mon cœur.

Je restai à l'endroit où je m'étais caché jusqu'à ce que l'obscurité m'environnât et que les Peaux-Rouges se fussent endormis.

Je me glissai alors dans le wigwam et je leur enlevai leurs carabines; je réussis également à dérober leurs couteaux de chasse, que je jetai au loin. Ces brutes humaines s'étaient gorgées de nourriture et dormaient profondément.

Je jetai ensuite une brassée de bois dans le feu; tout aussitôt une flamme brillante éclaira l'espace.

A cette lueur, les Peaux-Rouges se levèrent d'un bond et cherchèrent leurs fusils autour d'eux.

Ce fut à ce moment que je brandis ma carabine et que je parus à leurs yeux.

« — Chiens et loups, m'écriai-je dans leur langue, car je l'avais apprise étant enfant, meurtriers de ma famille, mourez comme des chiens et des loups. »

L'un d'eux tomba mort de mon premier coup de feu.

C'était le plus petit.

L'autre fit un mouvement pour se retourner et fuir, mais je le rejoignis d'un bond.

Je sentais en moi la force de cent hommes.

Dès qu'il fut tombé, grâce à mon étreinte, je le saisis à la gorge; mon genou pesait sur sa poitrine, et quoiqu'il fût très-fort, la main d'un homme furieux le maintenait comme si c'eût été un enfant.

Je n'employai aucune arme pour tuer ce misérable, que j'étranglai littéralement avec mes mains. Il me semblait que la mort donnée par un fusil ou par un couteau serait pour lui une mort trop noble.

Quand cette punition fut accomplie, je laissai ces cadavres à l'endroit où je les avais tués, afin qu'ils servissent de pâture aux loups et aux oiseaux de rapine.

Avec leur mort, mon désir de verser le sang des six qui restaient encore en vie parut s'accroître, si je puis m'exprimer ainsi, ajouta Peter Meigs, et la mort même de ces derniers n'apaisa point la soif de vengeance qui me consumait. J'éprouvais un besoin irrésistible d'anéantir la tribu toute entière, en expiation du meurtre que les gens de cette tribu avaient commis sur mes parents adorés.

A quelques jours de là, vers la source de la rivière

Saint-Régis, j'aperçus un nuage de fumée qui montait vers les cieux. Je me glissai pendant la nuit de façon à m'approcher de l'endroit d'où s'élevait cette fumée, et je vis cinq Indiens étendus devant le feu.

J'aurais pu les massacrer tous les uns après les autres, pendant qu'ils étaient couchés, mais je ne voulus pas agir ainsi.

J'éprouvais un étrange désir de massacrer ces misérables en détail. Les tuer là, tout-à-coup, eût été une vengeance trop courte.

Je les épiai donc jusqu'au matin.

Un d'entre eux prit alors sa carabine et se dirigea vers le Saint-Laurent. Je le suivis furtivement pendant deux ou trois milles. Il s'arrêta pour regarder autour de lui, au moment où je brisais une branche sèche, avec le dessein d'attirer son attention.

C'était la première fois que je voyais son visage, et je le reconnus pour l'un des huit assassins.

Le bois dans lequel nous étions était découvert, et nous nous trouvâmes face à face.

Le cri de ma mère semblait encore résonner à mon oreille quand j'épaulai mon fusil.

Au moment où la détonation troubla le silence de la forêt, le Peau-Rouge bondit et tomba mort sur le sol.

Je le laissai à l'endroit où il gisait.

Bref, de ces cinq Indiens, aucun ne revit sa tribu.

Trois d'entre eux avaient fait partie des huit meurtriers qui dansaient et hurlaient autour des flammes où se consumaient, avec notre maison, les cadavres de tous mes parents.

Je ne veux pas vous en dire davantage, Joë, ajouta le vieillard en laissant tomber sa tête entre ses mains.

Des huit Indiens que je comptai cette nuit-là, aucun ne repose dans le champ de repos de sa tribu, et les ossements d'un plus grand nombre de ces Indiens sont dispersés dans la contrée du Shatagu.

J'ai commis là une mauvaise action, je le sais, et quand j'y pense aujourd'hui, je suis fâché d'avoir agi si cruellement. Mais j'étais fou alors.

Le meurtre de ma famille avait allumé en moi une haine insensée contre les Indiens; il me semblait entendre les esprits de ceux que j'avais aimés me crier de venger leur mort.

A cette heure que mon cœur est plus calme, je serais bien aise de n'avoir pas fait ce que j'ai fait. Mais, hélas! il est trop tard.

Le vieillard s'était tu : il demeura longtemps silencieux, la tête inclinée et cachée dans ses mains; je vis alors de grosses larmes couler entre ses doigts.

Je ne troublai pas cette douleur, Monsieur, fit le guide, car je voyais mon vieux ami obsédé par mille souvenirs amers.

Je me disais que sans doute son cœur se rappelait l'asile de son enfance, qu'il lui semblait entendre encore la voix de sa mère, celle de son frère et de ses petites sœurs aux blondes chevelures.

C'est une triste chose, Monsieur, de voir pleurer un homme comme le fait une femme.

Il faut que cet infortuné ait gardé la mémoire de fort grandes douleurs pour qu'il laisse tomber ses pleurs, lui, un homme au cœur fort et courageux.

Tandis que le vieux Peter Meigs m'avait raconté son histoire, je ramais toujours en silence. C'est ainsi que nous arrivâmes jusqu'à l'endroit désigné pour notre débaquement.

Une fois à terre, le bon vieillard s'achemina lentement et la tête inclinée vers la cabane que nous avions élevée, et il se jeta sur les branches vertes qui nous servaient de lit, en sanglotant comme un enfant.

Comme un enfant aussi il s'endormit en pleurant, et reposa avec calme jusqu'au point du jour.

La tristesse régnait encore dans son cœur le lendemain matin, mais ce nuage parut cependant s'effacer peu à peu de son esprit.

Peter Meigs ne me parla jamais, depuis, du massacre de sa famille ni de la vengeance qu'il en avait tirée.

CHAPITRE XXII.

La passée aux Cerfs. — Le chasseur du Vermont et sa cabane. — Une fausse piste.

Tandis que j'écoutais le récit de mon guide, notre embarcation voguait toujours.

Nous passâmes ainsi devant l'embouchure d'un courant d'eau qui se déversait dans le lac.

Notre barque attérit en cet endroit, et dès que nous l'eûmes amarrée, nous suivîmes un sentier qui longeait le bord d'un petit ruisseau fangeux, pendant un quart de mille.

Nous parvînmes ainsi devant un petit bassin creusé par la main de la nature sur le flanc d'une colline.

C'était là que la source naissait et alimentait le petit

ruisseau dont les eaux possédaient un goût minéral, désagréable et saumâtre.

La vase à travers laquelle elles filtraient nous parut foulée, comme si un troupeau de moutons eût passé par là.

Tucker me fit remarquer de nombreux sentiers se dirigeant vers la forêt et tracés dans toutes les directions.

C'était ce qu'on appelle sur les frontières américaines un deerlick (la passe des cerfs).

Les daims se rendaient la nuit en cet endroit, afin de boire ces eaux saumâtres, et les empreintes de leurs pieds, qui se voyaient sur tout le terrain fangeux, prouvaient que cet endroit était très-fréquenté par ces animaux.

Un des moyens les plus usités pour tuer les daims, dans les colonies où ils sont rares, c'est de faire le guet, la nuit, devant un de ces licks. On peut alors prendre son temps pour viser et frapper ces animaux, quand ils viennent à l'eau pour boire.

Afin de réussir dans cette embuscade, le chasseur fabrique une sorte de rideau à l'aide de branchages placés d'une façon naturelle, assez épais pour le cacher, quoique cependant il ait soin d'arranger le tout de manière à ne pas attirer l'attention du daim et à ne pas l'alarmer. Il se met derrière ce paravent au milieu duquel il a ménagé une ouverture pour son fusil, dont la largeur lui permette d'ajuster sans être exposé à être aperçu par le daim.

Le chasseur s'est muni d'une petite torche de bois résineux qu'il peut allumer instantanément au moyen d'une allumette, et dont la lumière imite la flamme d'un bec de gaz. Cette torche est arrangée de façon à ce que la lumière se dirige sur le daim au moment où il parvient près du lick.

Le pionnier qui pratique cette chasse de braconnier se place derrière son rideau vers le coucher du soleil, après avoir dûment préparé sa carabine, et en tenant sa petite torche prête à être allumée.

Il s'assied et guette en silence l'arrivée du daim. Quand la nuit se fait autour de lui, il ne tarde pas à entendre un daim qui marche doucement au milieu du feuillage et s'avance avec précaution vers la source.

Quelquefois, celui-ci flairant le chasseur, s'arrête pour écouter. Soupçonne-t-il un danger, l'animal reste au même endroit, piétinant et faisant entendre une sorte de sifflement. On dirait qu'il veut forcer son ennemi à sortir de sa retraite.

Si le chasseur demeure immobile, le daim surmonte bientôt ses terreurs, ou bien encore il suppose qu'il n'y a là nul danger, et aussitôt on le voit s'avancer.

C'est le moment choisi par le chasseur pour frotter son allumette et enflammer la torche.

Dès que la flamme brille, l'animal relève la tête; il se trémousse en agitant sa queue et fixe la lumière avec étonnement. Quelquefois, il fait un bond ou deux, puis il s'arrête pour examiner l'étrange flamme qui s'est allumée soudain devant lui.

Le moment d'agir est venu pour le chasseur, qui doit éviter de faire le moindre bruit sur les branches sèches ou parmi les feuilles, car le daim humant l'air avec force et faisant entendre son sifflement, disparaîtrait aussitôt dans les taillis de la forêt, abandonnant le chasseur à ses méditations, aux attaques des moustiques et des mouches noires, et cela jusqu'au lendemain matin.

Il resterait encore, il est vrai, à ce pauvre trappeur le choix de se lancer à la poursuite du daim dans les bois, mais c'est là un parti qu'on prend rarement.

Si le chasseur a pris toutes les précautions voulues, l'animal convoité se sera tellement rapproché de lui qu'il ne pourra perdre son coup de fusil.

Je ne dois pas cacher à mes lecteurs que cette sorte de chasse offre un grand désagrément. Les mouches noires et les moustiques qui foisonnent autour du chasseur, le piquent et le harcèlent d'une façon insupportable.

Il lui est impossible de se servir d'une cousinière, pas plus qu'il ne peut faire le moindre mouvement pour chasser ces insectes, pendant que le daim se tient debout, livré à l'inquiétude, près du lick, et ne sachant s'il doit avancer ou s'enfuir. Il faut donc que le chasseur reste immobile et supporte la torture avec toute la patience possible.

La mort d'un daim est une bien faible compensation pour cette heure de supplice.

Je n'ai essayé cette chasse qu'une seule fois, et bien qu'il ne m'ait fallu endurer le martyre que vers la fin de ma garde obligatoire, bien que j'aie réussi à tuer le daim, objet de ma convoitise, cet essai me suffit.

A dater de ce jour, je ne fis plus le guet dans un deerlick, et je n'aurai jamais le moindre désir de recommencer.

Un homme dont la peau serait plus dure encore que celle d'un rhinocéros ne se mettrait pas à l'affût d'un daim, dans la contrée du Shatagu, s'il demandait jamais mes conseils.

Je me rappelle, me dit mon guide, tandis que nous ramions pour retourner à notre cabane, une aventure survenue certain été, il y a de cela quatre ou cinq ans, dans les colonies, à un jeune homme qui travaillait comme engagé en cet endroit.

Vous allez comprendre combien ce fait amusa tous les pionniers du voisinage.

Le garçon en question, qui se nommait Gabriel Calvin, était un grand jeune homme, bien découplé, originaire du vieux Varmount. Il racontait toujours ce qu'il avait eu sur les Green, et à l'entendre, il était le plus grand chasseur de tout le pays.

Le nombre d'ours, de catamounts et de panthères qui s'étaient trouvés sur son chemin était étonnant, et vous eussiez cru, à ouïr ce hâbleur parler, que ces vermines se rencontraient plus fréquemment sous les pieds d'un chasseur dans le pays d'où il venait, que les lapins gris dans les bois du Shatagu.

Ce garçon avait entendu parler des deerlicks et savait très-bien comment on pratiquait cette chasse.

Il partit donc certain dimanche, dans la direction des forêts, emportant un sac de sel et une tarière.

Il ne lui fut pas difficile de découvrir un vieux tronc d'arbre pourri extérieurement, tel qu'il le fallait pour remplir son dessein, et l'ayant arrangé à sa façon, il le perça d'un grand nombre de trous dans lesquels il sema du sel.

Ce moyen, Monsieur, n'est pas mauvais pour faire un deerlick, car aussitôt que les daims trouvent cet engin attracteur, et on peut être à peu près certain qu'ils le trouveront, ils cherchent à avoir le sel, et

pour cela ils rongent à belles dents la moitié de l'é-
corce du billot.

Le dimanche suivant, Gabriel alla visiter son lick, et
s'étant convaincu que le bois était tout mangé autour
des trous percés par la tarière, il comprit qu'il aurait
bon marché du daim qui avait fait ce travail-là.

Gabriel se hâta donc de fabriquer son rideau de branches et de préparer son affût de façon à être à même
d'opérer un massacre général de tout le gibier du pays.

Il replaça du sel dans le billot, perça de nouveaux
trous qu'il remplit, et quand il revint au milieu de ses
amis, il affirma avoir la piste d'un daim dont les pieds
étaient aussi gros que ceux d'un élan ou d'un caribou.

Le pionnier chez lequel demeurait Gabriel possédait
une sorte de couleuvrine, vieux débris des guerres de
la reine Anne, dont le canon, aussi long qu'un arbre de
la liberté, était assez large pour qu'on pût y fourrer le
poing.

Cette arme avait servi de basse dans l'orchestre de
deux ou trois guerres, sans compter aussi dans différentes escarmouches contre les Indiens; aussi était-elle
assez vieille et assez rouillée pour mériter d'être mise
à l'écart.

Elle gardait donc le silence depuis la dernière insur-
rection, et le fermier l'avait accrochée à deux clour recourbés sur lesquels cette couleuvrine était toujours
restée depuis qu'on l'y avait placée.

Le propriétaire de ce weapon le gardait, disait-ıl,
comme une sorte d'épouvantail pour les Anglais, une
sorte d'avertissement pour les habits rouges, destiné à
leur prouver qu'il ne faisait pas bon pour eux de ce
côté-là.

Gabriel décrocha cependant le vieux mousquet, le nettoya, l'ajusta, le garnit d'une pierre, huila la batterie, afin qu'elle marchât.

Cela fait, Gabriel procéda à la charge, qui consistait en une demi-livre de poudre, une cinquantaine de balles et autres projectiles destructifs.

Il partit vers le coucher du soleil, muni d'une allumette et d'une torche, afin de se mettre à l'affût et de foudroyer le vieux daim qui laissait une trace aussi forte et aussi marquée que celle d'un élan ou d'un caribou.

Gabriel alla donc se placer derrière son rideau; il établit sur une fourche, au milieu du rideau vert, le canon de son vieux mousquet, et s'accroupit de la façon la plus commode en appuyant la crosse de la coulevrine sur son épaule, en attendant le gibier.

Les insectes rongeurs s'empressèrent de harceler ce pauvre diable, puis de dévorer son visage et ses jambes nues, si bien qu'il regimbait comme un cheval tourmenté par des myriades de taons.

Presqu'aussitôt après la tombée de la nuit, Gabriel entendit le bruit de pas, dans la direction du deerlick; son cœur se mit à battre à coups redoublés dans sa poitrine; il se tint pourtant immobile, laissant aux moustiques et aux mouches noires la permission de le dévorer à leur aise.

En effet, un être invisible se dirigeait parmi les broussailles vers le billot, et il commençait à lécher le sel et à ronger le vieux bois avec une telle ardeur, qu'on eût pu croire qu'il trouvait là quelque chose de son goût.

Gabriel frotta son allumette, l'approcha avec précaution de sa torche de bois résineux, et quand celle-ci flamba, il ajusta son fusil, ferma les yeux et fit feu.

La charge du vieux canon s'en alla d'un côté, tandis que le recul envoyait Gabriel se promener de l'autre. La couleuvrine ruait, à ce qu'il paraît, comme un cheval sauvage, et sa détonation retentissant au milieu des bois, parmi les collines et les montagnes, avait semé l'épouvante parmi toutes les créatures sauvages des alentours.

Gabriel dévala sens dessus dessous au bas de la levée et roula dans un bassin bourbeux, l'épaule à demi fracassée et la joue tuméfiée, comme si elle eût été attaquée à coups de poings par un pugiliste émérité.

Les gens de la ferme, en entendant la détonation du vieux canon, furent persuadés que Gabriel avait dû tuer assez de venaison pour les nourrir pendant une semaine.

Vers dix heures du soir, Gabriel se traîna comme il le put à son logis. Il profita de l'obscurité pour gagner furtivement son lit.

Le lendemain matin, le chasseur, après avoir replacé la couleuvrine dans ses clous, à sa place ordinaire, répondit aux questions de ses amis d'une manière évasive. Ce qui étonnait ceux-ci, c'était l'aspect de ce visage dont on n'aurait pas trouvé le pareil dans toute la contrée du Shatagu.

L'œil droit entouré d'un cercle bleu, la chair enflée, l'épaule presque démise et noircie par le sang extravasé, tel était l'aspect du pauvre Gabriel, qui ne raconta pas grand'chose concernant son deerlick, et se garda bien de donner des détails sur la décharge du vieux fusil. Dans la matinée, on s'aperçut qu'une des vaches du fermier manquait à l'appel.

On la trouva gisant près du tronc d'arbre préparé par Gabriel, percée d'une vingtaine de trous de part en part.

Gabriel, après cet événement drôlatique, ne demeura pas longtemps à la ferme, où on le harcelait de plaisanteries au sujet de cet affût fantastique, et où chacun lui demandait des nouvelles de son daim, dont les traces ressemblaient à celles d'un élan ou d'un caribou.

CHAPITRE XXIII.

Le serpent à sonnettes d'eau. — Ce que Tucker pensait de l'esclavage. — Comment finira cette institution.

Nous revînmes à notre cabane vers le soir, et dès que le souper fut terminé, tandis que nous fumions nos pipes, Tucker me pria de lui raconter quelque histoire à mon tour.

Je me rappelai celle d'un vieux nègre qui appartenait à M. Sum Rives, de Virginie, un aimable colon chez qui j'avais passé la saison d'automne, et de la bouche duquel je tenais les faits.

J'avais en outre un but, en racontant cette histoire à Tucker, qui était de l'amener à me dire ce qu'il pensait sur la question de l'esclavage.

Je commençai donc en ces termes :

— M. Rives me racontait que son père s'était rendu caution, pour un ami, dans un emprunt d'argent, et afin de s'indemniser en cas de perte, il avait reçu hypothèque sur un nègre.

M. Rives père fut obligé de payer la dette et se trouva alors propriétaire d'un homme.

Quoique le vieux Shadrak, tel était le nom du nègre, eût été élevé dans l'Etat de Virginie, son pays natal était l'Ethiopie.

On l'avait amené encore enfant des jungles de l'Afrique en Amérique, à bord d'un vaisseau négrier, et sans doute le désir de ses vendeurs était de le faire jouir des somptuosités de la civilisation, dans les limites cependant de leur compatibilité avec sa condition d'esclave.

Shadrak fut amené à Steuben par un Virginien en compagnie d'un grand nombre d'esclaves. Le vendeur de chair humaine se trouvait fort riche, mais il passa bientôt par degrés de la richesse au dénuement le plus absolu, et termina sa carrière comme un mendiant, à ce point qu'il fut enterré, un matin, aux frais de la municipalité de son pays.

Le vieux Shadrak éprouvait une horreur invincible à l'égard des serpents et des crapauds, et on pouvait l'effrayer outre mesure en le menaçant de mettre un de ces reptiles dans son lit.

Il s'enfuyait régulièrement deux ou trois fois chaque année, et restait éloigné, tantôt pendant quinze jours, tantôt pendant un mois.

Dans deux ou trois occasions il demeura absent si longtemps, que le père de M. Rives commençait à se réjouir d'être tout-à-fait débarrassé de lui.

Cependant, un beau matin, il vit le vieux Shadrak se glisser en catimini derrière les meules de foin et se jeter à ses genoux, lui promettant solennellement d'être désormais obéissant et laborieux, et mieux encore, de ne plus fuir jamais.

Shadrak éprouvait, comme je vous l'ai dit, ajouta M. Rives, une horrible frayeur des reptiles.

Il se trouvait certain jour à la pêche dans un canot, sur le lac Crooked, au bord duquel était située l'habitation de mon père, lorsqu'il retira de l'eau un reptile qu'il prit pour un serpent à sonnettes.

A cet aspect, sa ligne s'échappa de ses mains; le malheureux était en proie à un mortel effroi; il sauta pardessus le bord, appelant au secours comme si toutes les bêtes féroces de sa terre natale eussent été à ses trousses.

Il nageait comme un canard, et il toucha bientôt le rivage, en criant comme un damné à chaque mouvement qu'il faisait.

Il courut ainsi avec une vitesse extraordinaire du côté de la maison. Il rencontra en route mon père, dit M. Rives, qui se promenait à une courte distance et hâtait le pas afin de s'informer de la cause des cris qu'il entendait.

— Mossa, lui cria Shadrak avec toute la véhémence de la terreur, le lac est rempli de serpents à sonnettes.

Allons donc! brute à la tête crépue, tu es fou, répliqua mon père, qui n'avait jamais entendu parler des serpents à sonnettes aquatiques.

Golla Mossa (1), reprit l'Africain, il est là, pour sûr, regardez vous-même.

Mon père sauta dans un autre canot et se dirigea vers celui où Shadrak s'était tenu pour pêcher, et autour duquel flottait la ligne, qui y était restée amarrée.

Il se trouva que le nègre pusillanime avait pêché une énorme anguille, sorte de poisson très-rare dans le lac.

Quant à Shadrak, qui était persuadé que ce long ver appartenait à la famille des serpents, il ne se hasarda plus jamais à aller seul sur le lac, après cette aventure.

(1) Expression nègre.

—J'ai beaucoup entendu parler dernièrement de l'esclavage, Monsieur, me dit Tucker, dès que j'eus terminé mon histoire; j'ai lu quelques articles de journaux relatifs à ce sujet, et qui sont connus de la majeure partie des habitants de ces contrées.

C'est là, à mon avis, une affaire très-délicate, cause de beaucoup de désordres et germe de mauvais sentiments dans les différents Etats du pays. Je suis certain que si jamais quelque trouble éclate entre les Etats du sud et ceux du nord, ce sera pour l'esclavage (1).

Je suis moi-même contraire à l'esclavage, car je pense qu'il est contre la nature d'acheter et de vendre des créatures humaines. Cela n'est pas le fait d'une contrée libérale et d'un peuple libre.

Libre à un homme de parler autant que bon lui semble du bonheur, de la liberté, d'exprimer le désir qu'il a de voir s'accroître les droits de l'humanité, mais s'il cherche à justifier le trafic de la chair et du sang humain, et s'il soutient ce commerce comme étant une chose juste, ce n'est pas un vrai républicain. Cet homme parle de liberté, parce qu'il la désire seulement pour lui-même. Ses droits humains sont ses propres droits et non point ceux des autres. C'est pour cela que je suis son antagoniste.

Je me garderais bien de lui confier, à moins d'y être forcé, ni ma liberté, ni mes droits, ni ceux de mes enfants, quelle que soit sa faconde et l'éclat de ses paroles onctueuses.

Et cependant, Monsieur, je n'entreprendrai pas non plus une croisade contre l'esclavage.

(1) Ce volume était écrit avant la guerre qui a éclaté entre les Etats du sud et ceux du nord.

L'Etat dans lequel nous sommes est libre et j'en suis bien aise. Mon avis est donc qu'un pays n'est vraiment heureux que lorsque l'esclavage n'y existe pas.

Cette institution fatale est une entrave pour la contrée où elle existe, car elle arrête le progrès et la civilisation.

Le travail, Monsieur, est le grand régulateur de la morale publique. Je parle du travail libre, du travail payé comme un labeur indépendant, et qui apporte avec lui le gain pour récompense du travail qui permet à un homme de donner l'aisance et une éducation convenable à ses enfants.

En réfléchissant à l'histoire de tous les Etats libres des Etats-Unis, on peut voir qu'il y a deux cents ans, tout ce qu'on trouve aujourd'hui, les grandes fermes, les villes et les endroits où l'on a bâti de grandes cités, n'étaient qu'une immense solitude couverte d'arbres et de broussailles.

Ces grands arbres ont été abattus un à un et le terrain a été défriché. Les hommes qui ont entrepris ce travail ont mérité plus de considération que s'ils avaient vaincu des armées et saccagé leur pays. N'ont-ils pas livré bataille à des forêts de géants et remporté la victoire en faisant la conquête du désert? Ces conquêtes n'ont coûté ni sang ni argent à personne.

Ceux qui ont accompli cette œuvre ont mérité de prendre place parmi les gens distingués de leur patrie, et leurs enfants se targuent de la gloire de leurs pères, en cherchant à suivre leur exemple.

Le monde civilisé leur a décerné la réputation à laquelle ils avaient droit, il a ennobli leur labeur et a conféré un beau nom à l'homme qui travaille.

Cela se passe encore ainsi, de nos jours.

L'opprobre n'accable point le travailleur, cet homme qui gagne son pain à la sueur de son front, parce que, bien qu'il soit occupé tout le long jour, son travail n'a rien de servile.

Le laboureur, le pionnier, le défricheur occupent une place sérieuse dans la société, ils sont indépendants dans leurs opinions, dans leurs pensées, dans leurs sentiments, et on les voit souvent, au bout d'une vingtaine d'années, devenir aussi riches, occuper un poste aussi élevé que l'homme appartenant aux plus marquantes familles du pays (1).

Mais il n'en est pas de même dans les Etats où règne l'esclavage, et cela se comprend facilement.

Le travailleur libre ne peut pas vivre à côté du travailleur esclave, sans être atteint dans sa dignité et sans être pour ainsi dire déshonoré. Dans les pays où l'esclavage subsiste, le travail est fait par les esclaves, qui appartiennent à une race avilie et méprisée.

Comme l'esclave travaille, les orgueilleux s'imaginent que tout homme qui s'occupe d'un travail manuel doit être considéré comme un esclave. Ils s'imaginent que l'homme qui ne possède pas un esclave pour défricher son champ ou planter ses cannes à sucre, n'est qu'un pauvre hère aux yeux du monde, et qu'il est placé plus bas qu'eux sur les degrés de l'échelle sociale.

Cet homme se présente-il à leur plantation, il mangera à la seconde table, et on lui donnera les restes du repas des maîtres.

(1) Témoin M. Lincoln, ancien forestier, bûcheron, batelier, défricheur, qui est devenu président des Etats-Unis.

Certes, Monsieur, c'est là une insulte qu'un Américain libre ne serait pas disposé à supporter.

Qui pourrait expliquer comment il se fait que la Virginie, l'Etat le plus grand, le plus riche, le plus peuplé, le plus florissant de l'Amérique à l'époque de la révolution de 1776, est moindre aujourd'hui que beaucoup d'autres Etats?

Le motif de cette décadence ne provient point de son climat, car il est un des plus beaux du monde. On ne saurait l'attribuer davantage à la nature de son sol, qui était autrefois le plus riche de toute l'Amérique du nord.

Cet Etat ne manque ni de ports de mer ni de grands fleuves, car partout on aperçoit des cours d'eau amenés dans de profonds bassins, dont la force fait tourner les roues hydrauliques et mouvoir les machines.

La véritable cause de cette décadence, c'est que l'esclavage et le travail esclave corrompent un peuple. L'esclavage rend le maître orgueilleux et extravagant, car il regarde toute occupation manuelle comme au-dessous de lui.

L'esclave est à son tour peu disposé à accomplir un labeur qui ne doit ni le rendre plus riche ni lui attirer plus de considération.

Cette fatale institution des temps barbares produit sur une contrée l'effet d'un grand vent empesté, qui détruit tout sur son passage et annihile l'énergie du peuple, en desséchant le principe qui le ferait marcher dans la voie du progrès. Or, l'esclavage étant la cause de tous ces maux, je suis contre lui.

Je n'oublierai pas non plus le grand vice moral de l'esclavage. De quel droit un homme achète-t-il et vend-il un autre homme créé par le même Dieu, formé

de la même argile, soumis aux mêmes lois naturelles,
gouverné par la même raison, possédant les mêmes instincts et précipité, après sa mort, dans la même éternité
que lui?

Je ne suis qu'un pauvre diable, Monsieur, mais je
maintiens mon titre à la liberté, comme je le comprends, non point que j'aie rien fait pour cela, mais
uniquement parce que je suis homme. Je le maintiens,
non point en l'appuyant sur les mérites de mes frères,
parce qu'ils étaient forts, riches, vertueux ou éclairés,
mais parce que Dieu m'a donné une forme humaine, un
visage fait à l'image du sien, une âme vivante, et parce
que chaque créature possédant les mêmes attributs a
autant de droits à sa liberté que j'en ai à la mienne.

Je puis être traité en ilote par des hommes puissants
qui me priveront de ma liberté, comme ils en ont privé
des milliers d'individus depuis des siècles, et comme
cela arrive encore chaque jour, mais personne au monde
n'aura le pouvoir d'effacer ou d'altérer le sceau de la
liberté que Dieu a imprimé sur mon front.

Il est encore une autre chose qui me navre dans ce
pays. On y parle à chaque instant de la liberté de nos
institutions, et l'on s'escrime à l'aide de grands mots,
particulièrement à l'époque des élections, et l'on parle
en public dans nos assemblées politiques de l'égalité de
tous les hommes ; nous nous vantons, à chaque instant,
de notre amour pour les franchises, quand à chaque instant nous avons sous les yeux la preuve évidente du
contraire.

On cite notre pays comme l'asile de la liberté et
comme un refuge ouvert aux opprimés de toutes les nations, qui retrouvent sur cette terre tous leurs droits et

une position sociale, et pourtant dans la moitié de nos Etats-Unis, sur les lieux mêmes où siège le Congrès, la plus triste et la plus vicieuse oppression règne sous la sanction de la loi et sous la protection de l'autorité, oppression qui donne le droit à certaines gens d'aller chercher au loin des créatures raisonnables et pensantes, hommes et femmes, qui leur appartiennent comme des animaux desquels on trafique et que l'on vend et achète comme on le ferait de bœufs, de sacs de froment ou de sacs de coton.

C'est là une grande honte et un cuisant remords pour tout bon Américain, et je ne suis pas surpris que les rois, les empereurs et les grands dignitaires des autres contrées se moquent de nous, quand nous semblons leur adresser des reproches sur leur despotisme, que nous nous empressons de montrer nous-mêmes de ce côté-ci de l'Atlantique.

Mais, je vous l'ai déjà dit auparavant, Monsieur, ajouta Tucker, mon intention n'est pas de prêcher une croisade contre l'esclavage. Je ne comprends peut-être pas cette institution, car je n'ai pas la prétention d'être un homme éclairé, et je n'ai jamais vécu dans les contrées où elle est en vigueur.

Je ne me querellerai donc pas avec les Etats esclaves. Si leurs habitants s'imaginent que cet abaissement de la race humaine est un bonheur, ils ont le droit d'en jouir, Dieu seul les jugera.

L'esclavage, à mes yeux, est la plus grave offense que la civilisation ait jamais commise contre Dieu et l'homme.

Et tout en me disant que le grand ordonnateur du monde a bien fait toutes choses et qu'à la fin tout se terminera d'une façon équitable, je ne peux m'empêcher de me demander à moi-même pourquoi le Tout-Puissant a permis à ce vice monstrueux et à cette grande iniquité de croître et de s'étendre sur la terre.

Voulez-vous que je vous dise, Monsieur, ce que je crois qui résultera de l'esclavage?

L'Afrique, comme on me l'a raconté et comme du reste je l'ai lu dans les livres, est un continent sauvage, dont les habitants, il n'y a pas encore longtemps, n'avaient aucune idée de la civilisation. Ils étaient pauvres, ignorants, idolâtres, et n'avaient jamais entendu parler de la religion du Christ. La plupart de ces tribus étaient errantes, sauvages et barbares, le plus souvent en guerre, se tuant, se pillant et s'emprisonnant les unes et les autres.

On m'a aussi assuré que l'Afrique est située sous l'équateur, que le soleil y darde constamment ses rayons du commencement à la fin de l'année, et que les peuples de race blanche des autres contrées y tombent malades et y meurent, à cause de la mauvaise influence du climat. L'homme noir est donc la seule créature humaine qui puisse vivre en Afrique, et s'y conserver forte et en bonne santé.

D'un autre côté, tous ces hommes sauvages amenés aux Etats-Unis, tout en étant esclaves, ignorants et stupides, ne s'en sont pas moins humanisés, et ont appris à vivre comme des chrétiens. Ils ont grandi avec quelques notions du christianisme, et chaque génération nouvelle possède quelques connaissances de plus que la précédente. Certains nègres, en recouvrant leur liberté, sont assez instruits, et, d'une façon ou d'une autre, ils ont glané, par-ci par-là, du savoir.

Dans les îles du golfe du Mexique appartenant à

l'Angleterre et dans toutes les colonies de la Grande-Bretagne les esclaves ont tous recouvré leur liberté. Mieux encore, à Haïti, une nation de race nègre jouit d'une constitution libre et des bienfaits de la civilisation.

Dans la plupart des Etats du sud, la population noire augmente bien plus que la blanche. Plus tard, lorsque quelques centaines d'années se seront écoulées, je suis certain que les voyageurs trouveront au centre de l'Amérique un vaste territoire, d'une étendue dix fois plus grande que celle des Etats du midi de l'Union, peuplé par une grande nation d'hommes noirs régis par des lois, guidés par la religion chrétienne, et très-civilisés.

Les journaux ne nous apprennent-ils pas encore que de nombreux vaisseaux ramènent en Afrique des hommes de couleur apportant avec eux la civilisation et le christianisme.

Quand je vois tout ceci, Monsieur, dit encore Tucker, je me dis que la fin de cette grande et cruelle iniquité de l'esclavage sera l'élévation de la race de couleur, et fera d'elle un peuple chrétien et civilisé.

Cet esclavage sera donc, tout cruel qu'il paraisse aujourd'hui, l'instrument de la civilisation et de la religion africaine. Il empêchera que la race nègre ne s'éteigne et ne disparaisse un jour, comme cela arrivera à la race indienne de cette contrée.

L'esclavage ouvrira au centre de l'Afrique, un passage à la religion du Christ, tout en donnant enfin à une partie du peuple noir un pays et un foyer, de ce côté du grand Océan, sous un climat approprié à sa nature.

— Bravo! Tucker, dis-je à mon guide, vous avancez là une théorie fort plausible. Et pourtant, si tels étaient les desseins de la Providence, ne pourraient-ils pas s'accomplir avec moins de cruauté et de méchanceté, et dans une plus courte période que celle qui s'écoulera d'ici à leur réalisation?

— Monsieur, répliqua-t-il, ce n'est ni vous ni moi qui pouvons rien blâmer à la manière d'agir de la Providence, par rapport à l'administration des choses qu'elle a créées. Ce qui paraît en ce moment un mystère impénétrable à l'intelligence de l'homme, peut être découvert un jour; les choses qui lui paraissent injustes, lui sembleront alors droites et équitables.

Je n'affirmerais pas que mes idées sur toutes ces choses soient justes de point en point; mais vous et moi, nous savons que les enfants de ces peuples qui ont été volés par des hommes au cœur dur, amenés à travers l'Océan et vendus ici pour y être esclaves, ont rapporté vers cette même Afrique la civilisation et la liberté.

Nous savons aussi que les générations des peuples de couleur, à mesure qu'elles se succèdent, acquièrent peu à peu quelques-unes des connaissances et des capacités de l'homme blanc, et qu'il n'est pas invraisemblable que dans l'avenir chaque génération ne s'élève davantage jusqu'au jour où elle aura atteint la perfection de l'homme civilisé et de tout ce qui appartient à l'œuvre la plus complète du Dieu tout-puissant.

Quant à l'objection que vous présentez relativement au temps nécessaire à la réalisation de ces événements, j'y avais aussi réfléchi, et j'ai lu quelque chose qui, d'après moi, répond à tout.

La nature, ou plutôt le grand Dieu de la nature, n'est pas limité par des années ni par des centaines d'années.

Pour lui, un jour vaut mille ans, et mille ans valent un jour. Des centaines de générations passent devant lui, avec la même rapidité que l'éclair fendant la nue sous les yeux d'un homme.

Il faut à un grand pin cent ans pour atteindre tout son développement, et il a besoin encore d'un autre siècle pour que, la décrépitude s'emparant de lui, il pourrisse et tombe sur le sol. Cette contrée a mis deux cents ans à recevoir l'impulsion de l'indépendance et du progrès, mais les causes qui l'ont faite grande, forte et solide ont agi sur elle pendant tout ce temps-là.

Ainsi, un long espace de temps s'écoulera, de même, avant l'élévation du peuple noir et la décadence du peuple blanc, et avant que ce grand changement puisse s'opérer.

Vous et moi, Monsieur, sommes obligés de terminer notre œuvre dans l'espace de temps qu'on nous a assigné. Il faut que nous nous hâtions de vivre pendant la durée qui nous est fixée ; ou sans cela nous serions surpris par la mort avant d'avoir achevé notre tâche.

Pour celui qui régit l'univers, il n'y a ni matin, ni soir, ni veille, ni lendemain.

Pour lui, toute heure est le présent, un éternel et immortel présent. Et, soit qu'il précipite le cours des événements avec la fougue de la tempête, ou qu'il l'abandonne au progrès silencieux mais certain des âges, les choses arrivent également au but marqué.

Vous et moi, naturellement, nous ne verrons pas plus pour cela que ceux qui viendront après nous, mais je crois que dans un avenir très-éloigné, dans plusieurs siècles peut-être, l'Afrique sera peuplée de grandes nations de peuples de couleur, toutes chrétiennes et policées, ayant de grands vaisseaux et des navires marchands au moyen desquels ils visiteront toutes les parties du monde. Eux aussi posséderont des comptoirs, des manufactures, de grandes villes, de grandes fermes, beaucoup de richesses, et seront initiés aux bienfaits de la civilisation. Je crois fermement que certaines parties du pays dont sont formés aujourd'hui les Etats indépendants de l'Union et les îles du golfe Mexicain deviendront des contrées indépendantes et libres, habitées par des peuples de couleur, civilisés et chrétiens. Et ce puissant bouleversement sortira de cette grande iniquité de l'esclavage humain. De cette manière, comme je l'ai entendu dire une fois à un habile prédicateur, la méchanceté des hommes servira à porter au loin la parole de Dieu, de façon à tourner à la plus grande gloire du Créateur.

J'avoue, ami lecteur, que les *speachs* de mon guide me semblaient être d'un si grand intérêt, que je me plaisais à l'entendre parler.

CHAPITRE XXIV.

Effets d'un clair de lune sur l'eau. — Le village au sable. — Keesville. — La gorge de montagnes. — La mine d'or.

La soirée était l'une des plus magnifiques que j'eusse encore vue, depuis mon séjour au milieu des bois. La lune, dans son plein, répandait la lumière sur tout le paysage qui nous entourait. Les montagnes, la forêt et le lac silencieux brillaient grâce à ces lueurs argentées, et les petites baies marquées par l'ombre des grands ar-

bres recevaient juste assez de lumière pour offrir à la
vue un charme qui portait à la rêverie.

Tandis que mon guide se reposait, je m'assis dans
notre petite embarcation, que je laissai flotter au gré
des vagues, car la nuit était trop agréable pour songer à
dormir.

Rien ne me semblait plus délicieux que cette excursion solitaire sur ce lac calme et limpide, par cette nuit
sereine.

Les sons qui frappaient mes oreilles étaient doux et
harmonieux.

Les bihoreaux, de leur voix claire, éveillaient les
échos des montagnes, et leurs notes trillées s'affaiblis-
saient par degrés, comme les sons d'une trompette s'é-
teignant dans le lointain. Les hibous éveillaient les
bois par leurs cris lugubres, et les grenouilles coassaient
le long du rivage.

Tandis que le vent se plaignait dans les grands sapins, les truites s'élançaient gaiment à la surface de
l'eau en la faisant jaillir.

Les lucioles promenaient leurs phosphorescentes
lueurs dans l'espace, et les étoiles suspendues à la voûte
du ciel se miraient dans les eaux tranquilles.

A peine avais-je jeté un cri que les échos se hâtaient
de me le renvoyer ; si je chantais, cent voix répétaient
la mélodie, tandis que malgré les bruits de la nuit, le
silence semblait vouloir dominer.

Bien que j'entendisse tous ces échos à la fois, je me
disais cependant :

— Comme tout est calme!

Le laps de temps que j'avais fixé pour la durée de
mon excursion dans les bois était déjà expiré ; aussi le

lendemain matin, au moment où le soleil montrait son
disque rouge à travers un voile de brume et de brouillard, au-dessus des collines de l'est, Tucker et moi disant adieu à ces beaux lacs, les plus pittoresques et les
plus charmants, entre tous ceux de cette grande contrée,
nous nous dirigeâmes du côté des colonies les plus voisines, c'est-à-dire vers le Champlain.

Nous partîmes pour Franklin-Talls, petit hameau
qui se trouve le plus avant dans l'intérieur de la forêt,
vers la rivière Saranac, et éloigné de dix-huit ou vingt
milles de l'endroit où nous nous trouvions.

Nous y arrivâmes vers trois heures de l'après-midi,
passablement fatigués et ayant grand'faim.

Le dîner préparé par l'hôtesse du Golden head, d'après
les règles des nations civilisées, le pain frais de pur
froment, le lait chaud sucré, contribuèrent à nous faire
trouver le gîte agréable.

Le hameau de Franklin-Talls était à cette époque
un petit endroit qui, depuis lors, a complètement changé
d'aspect. A l'heure actuelle, c'est une ville d'un aspect
fort propre, où l'on remarque seulement l'un des plus
beaux moulins de l'Etat, une scierie pour les bois destinés à la construction.

On peut scier dans cette manufacture de planches
quarante mille pieds de bois par jour.

Je n'ai jamais vu pareil établissement, d'une extension aussi vaste, où toutes choses soient tenues et admi-
nistrées avec autant d'ordre. On trouve là plus d'une
douzaine de petites maisons groupées ensemble, au
milieu desquelles on remarque une grande taverne, entièrement achevée et très-confortable.

En 1856, cette petite ville, aussi grande qu'elle l'est

aujourd'hui, se composait d'une grande quantité de maisons, d'un moulin et d'une population égale à celle de ces dernières années.

Franklin-Talls était située dans les bois et entourée de forêts. Les arbres avaient été coupés et ceux qui avaient été renversés par le vent gisaient où ils étaient tombés, entourés de toutes sortes de combustibles faciles à enflammer.

Un incendie dans les bois aux Etats-Unis, dans des circonstances ordinaires, est un accident qui, tout en causant de grandes appréhensions, n'a rien de fort dangereux; mais quand sa fureur est attisée par des matières résineuses semblables à celles qui étaient éparpillées autour de cette petite ville, c'est un malheur qui tourne bien vite à la calamité.

Par un accident inexplicable, le feu prit à un demi-mille vers le sud-ouest du village. Le vent soufflait avec force, aussi les flammes se propagèrent-elles avec la rapidité d'un cheval à la course et le rugissement d'un tourbillon. Le fléau s'avançait avec une irrésistible fureur, étincelant, pétillant, bondissant et s'élançant, l'épaisse colonne de feu et de fumée projetait ses spirales vers le ciel. Le vent la poussait, et bientôt elle atteignit les premières habitations de la malheureuse petite ville.

Tous les obstacles apportés par les colons furent aussi inutiles que les efforts d'un roseau contre la tempête, et la flamme ne laissa pas debout le moindre vestige du village de Franklin-Talls. Maisons de maître, granges, boutiques, moulins, tout ce qui pouvait brûler, fut consumé. Lorsque le soleil se coucha, ce qui, le matin, formait un hameau vivant et animé, n'était plus qu'une ruine fumante.

On n'apercevait pas la moindre trace d'habitation humaine. Aucun des édifices construits par la main de l'homme ne restait debout.

La petite ville des bois n'existait plus; des ruines à demi-consumées, des tisons carbonisés et des monceaux de cendres marquaient seuls la place qu'elle avait occupée.

Les flammes qui semblaient vouloir abuser de leur puissance, s'élancèrent au loin sur les collines dans la direction du nord, laissant la désolation derrière elles, et elles ne s'arrêtèrent que quand elles ne trouvèrent plus rien à dévorer.

Tout autre que le propriétaire de Franklin-Talls eût été abattu sous le poids de cette calamité. La destruction de sa propriété lui coûtait cinquante mille dollars, et cette perte seule eût suffi, sans compter tous les autres embarras qui lui survinrent, à rendre fou un homme sans énergie.

Il n'en fut pas ainsi de Pierre C... Doué d'une volonté inébranlable, d'une énergie invincible, il regarda en face l'infortune qui pesait sur lui, et, relevant la tête, il fit sortir de nouveau de ce monceau de cendres et de ruines, un phénix plus beau et plus fort que celui qui avait été détruit par le fléau.

A l'endroit où était le vieux moulin on en voit aujourd'hui un autre meilleur et mieux bâti. Des monceaux de planches sciées, dont le nombre est fabuleux, sont entassés le long de la route, sur un parcours d'un demi-mille tout autour du moulin. Trente attelages sont affectés au transport de ces planches entassées, et dès qu'une pile disparaît, elle est aussitôt remplacée par une autre.

Sur le même emplacement que celui où se trouvait
l'auberge de Franklin-Talls, on a élevé une maison très-
confortable et un hangar y attenant. Chaque habitation
incendiée a été remplacée par une nouvelle, et les quelques fragments de charbons éparpillés aux alentours
sont les seuls souvenirs qui restent du feu qui détruisit
la ville.

Honneur aux hommes de la trempe de Pierre C...

Nous quittâmes Franklin-Talls le lendemain matin,
pour nous rendre à la vallée « au sable, » en traversant
les passes des montagnes. Mon excursion dans les bois
Shatagu se trouvait terminée, et ce n'était pas sans re-
grets que je quittais le calme des bois pour me retrouver
au milieu de la civilisation.

Au Sable, qui se trouve à douze milles au-delà de
Keeseville, est une petite ville manufacturière, dont le
commerce, consistant principalement en fer, est bien
plus considérable que ne le ferait supposer l'aspect extérieur de l'endroit.

Sur la rivière, on aperçoit une des plus grandes usi-
nes du monde, où l'on lamine du fer et où l'on façonne
des clous. Douze cents barils de clous par semaine, tel
est le produit de l'usine, dans laquelle sont employés environ cinq à six cents hommes.

On entend continuellement retentir dans ce vaste
bâtiment les coups de marteaux, et les limes grincent
sur les étaux, les grandes roues hydrauliques tournent
sans cesse, les énormes soufflets mugissent, les forges
et les fourneaux flambent, et les grands laminoirs dé-
roulent continuellement leurs serpents de feu, à l'exception, toutefois, des vingt-quatre heures qui s'écoulent
du samedi au dimanche dans la nuit.

Les gens et les machines sont toujours occupés à Au Sable. Les attelages, les hommes, les eaux travaillent. Commerce, activité, énergie et progrès, telle est la devise de ce petit pays.

Tucker loua pour moi une voiture qui nous conduisit à Keeseville, jolie petite ville sur les bords de la rivière Au Sable.

C'est un endroit calme, éloigné du bruit des chemins de fer, du mugissement et du sifflet des machines à vapeur, mais dans lequel on entend jour et nuit d'autres bruits, indices de la civilisation, et prouvant jusqu'à quel point le progrès a marché.

Comme Au Sable, on y travaille du matin au soir, toute la semaine, excepté le dimanche.

Peu de personnes connaissent la richesse naturelle de ce pays et l'importance de ses fabriques.

C'est là qu'on fabrique huit mille tonnes de clous avec du minerai provenant du sol même.

Il est bon de remarquer que ce chiffre énorme constitue seulement une portion du fer travaillé en cet endroit. On peut entendre le bruit du marteau qui façonne ce fer en barres de toutes grosseurs ; on peut voir celles-ci empilées à une élévation de trois ou quatre mètres dans les dépôts de la fabrique, tandis que trente attelages de chevaux sont constamment occupés à les transporter à Port-Kent, d'où elles sont expédiées par eau vers les marchés de l'est et du sud.

Les manufacturiers de Keeseville et des environs creusent leurs mines et lavent le minerai, chacun pour leur compte. Le charbon de bois qu'ils brûlent, le minerai qu'ils épurent, tout provient du sol.

Le minerai entre par une porte dans l'établissement

sous sa forme naturelle, et sort par une autre, façonné en clous ou en barres de fer.

Rien ne m'intéressait plus que la visite et l'étude de ces grands ateliers pendant la soirée. J'aimais à contempler l'éclat des forges, la lumière intense des masses de fer incandescent que l'on retirait chauffées à blanc pour les faire passer dans les immenses laminoirs, où elles prenaient la forme convenable pour devenir des clous, ou des barres de fer, s'étirant et se déroulant en courant sur le sol, comme autant de gigantesques serpents de feu, tandis que les ouvriers, d'une adresse incroyable, maniaient ces lingots avec des pinces de fer avec autant d'insouciance que si c'eût été des morceaux de bois.

Je me rendis un soir, à minuit, dans un de ces ateliers, et je passai une grande heure au milieu des fournaises et du fer flamboyant, contemplant ces hommes aux bras robustes, qui changeaient une substance aussi dure que le roc en un des plus utiles articles de commerce.

La gorge de montagnes située à peu près à deux milles au-dessous de Keeseville est une des plus grandes curiosités de cette contrée.

La rivière coule en grondant et en se précipitant par cascades, pendant l'espace d'un mille, puis elle tombe dans un bassin d'une largeur de trente pieds, sur l'un des côtés duquel les rochers s'élèvent comme une muraille à environ deux cents pieds de haut.

En grimpant sur le sommet de cette palissade, et en se plaçant sur le bord de ces grandes et hautes murailles de rochers, si l'on jette les yeux sur les eaux bouillonnantes qui suivent leur route en mugissant et en bondissant, on croit voir se dérouler un gigantesque serpent.

Ce gouffre ne semble pas avoir été creusé par la force des eaux, mais bien plutôt par une commotion souterraine qui a fait fendre les collines.

Les roches du côté droit sont la contre-partie de celles du côté gauche; on dirait qu'elles ont été fendues d'un coup de hache.

Si bien qu'en ayant le pouvoir de les rejoindre on les adapterait les unes aux autres, comme on rejoindrait les deux moitiés d'une pomme séparée par la lame d'un couteau.

Au-delà de Keeseville, on devine clairement, par l'aspect du terrain, qu'une vaste nappe d'eau recouvrait jadis ce qui est aujourd'hui une magnifique vallée, et s'étendait à plusieurs milles vers le sud-ouest, dans la partie du comté à travers laquelle coule maintenant la rivière Au Sable.

On a bâti de magnifiques fermes sur le terrain qui formait autrefois le fond du lac, et les bancs de vase ou de sable au-dessus desquels s'ébattaient les poissons sont maintenant changés en de belles prairies, recouvertes d'une riche moisson.

Une puissance occulte luttant, il y a des siècles, dans les profondeurs ignorées de la terre, a soulevé et fendu les collines jusqu'à la surface pour former cette gorge à travers laquelle se précipitèrent les eaux séquestrées qui formaient le lac.

L'homme est venu ensuite qui n'a eu qu'à embellir la nature pittoresque, à passer les socs de ses charrues sur le limon fécondant, et à envoyer paître ses troupeaux à l'endroit où l'herbe poussait.

Je me rendis, en compagnie d'un compatriote, à trois milles vers l'ouest du village, pour contempler ce qu'on appelle la colline Halleck, du sommet de laquelle on peut voir un de ces admirables paysages des Etats-Unis qui reposent les yeux et le cœur.

Ce n'était pas un de ces points de vue ardus, dénudés, pittoresques, bornés par de gigantesques chaînes de montagnes se fondant dans l'espace, ou de grands pics dont les têtes chauves se perdent dans les nuages.

Il n'y avait là ni désolation, ni désert, ni stérilité, mais on voyait devant soi une magnifique plaine unie, une vallée s'étendant à plusieurs milles, riche en produits agricoles, et offrant toutes les marques d'une contrée fertile et civilisée.

A l'horizon, sur la droite, se développait le Champlain. On apercevait dans le lointain les flèches de l'église de Plattsburg, qui semblaient s'élever comme autant de blanches colonnes du milieu des profondeurs d'une ceinture de forêts, tandis qu'en face d'elles on découvrait l'endroit où s'était livré le célèbre combat naval pendant la guerre de l'Indépendance.

Le magnifique paysage qui s'étendait devant moi était la vallée du petit Au Sable, où les quakers ont fondé une colonie.

C'est là que ces hommes pacifiques cultivent la terre tranquillement et sans jamais prendre part aux guerres de leurs semblables, sans jamais se servir d'armes destructives.

On me conduisit sur l'emplacement où cette population étrange, alarmée par les éclats du canon, se groupa pour assister à la bataille navale qui se livrait sur le lac, pendant que MM. C. Donough et Downie combattaient l'un contre l'autre.

Ces quakers aimaient leur patrie, et quoique leurs

principes leur défendissent de verser le sang humain,
leurs cœurs et leurs prières ne s'adressaient pas moins à
Dieu pour lui demander la victoire de leurs compatriotes
contre les ennemis de leur pays.

Quand la fumée de la bataille fut dissipée et que le
triomphe des armes de l'Amérique devint manifeste,
ces honnêtes quakers poussèrent simultanément un for-
midable hourrah et un cri d'allégresse qui prouvèrent
que le vieil homme était encore puissant en eux.

En vue de l'endroit où je me trouvais, on me montra
la petite île dans laquelle furent enterrées les victimes
de ce combat mémorable.

Là, au milieu du lac, reposent côte à côte et en bon
accord les ossements de ceux qui combattirent les uns
contre les autres en ce jour.

La mort anéantit les animosités, et les mains qui ont
frappé et répandu le sang sont maintenant immobiles
dans la tombe.

Que d'hommes courageux dorment dans cette petite
île qui devrait être considérée comme une terre con-
sacrée.

Il n'y a d'enterrés dans ce coin du globe ni hommes
riches ni hommes titrés. Ils appartenaient tous pour la
plupart à la marine, et exposaient leurs poitrines nues
aux coups de l'ennemi. C'étaient ce que le monde appelle des hommes de basse extraction, et qui, en échap-
pant au hasard fatal de la bataille, auraient vécu et seraient morts sans renommée.

N'importe, ce sont précisément ces hommes-là qui
remportent des victoires, qui contribuent à la gloire des
commodores et des amiraux; ce sont eux du courage
desquels dépendent les résultats d'un combat.

15

Il faudrait ériger sur la fosse où reposent ces hommes énergiques appartenant à la classe du peuple, quelque pierre funéraire qui sauvât leurs ossements de la profanation et racontât aux générations futures avec quelle vaillance ils ont combattu et avec quel courage ils sont morts pour la défense de leur pays.

Je me dirigeai, avec mon compatriote, vers la colline Palmer, où l'on trouve des couches de minerai d'une richesse sans pareille.

Cette montagne de minerai, dont le produit alimente à cette heure la plupart des forges, s'élève au centre d'un terrain plat, à une hauteur d'à peu près deux cents pieds, en une forme ronde et conique, et sa base peut avoir un diamètre d'un mille et demi à deux milles.

On dirait un pain de sucre très-vaste par le pied.

La principale ouverture des mines, ou plutôt la veine à laquelle on travaille encore, se trouve près du sommet de la colline.

Cette veine descendant en pente, forme un angle de quarante-cinq degrés et a été creusée fort avant dans la colline.

Au moment où je m'approchais d'un de ces vastes orifices, un courant d'air très-froid, particulièrement par cette étouffante chaleur, me frappa au visage. Je regardais aussi loin que possible dans ces profondeurs inconnues où les ténèbres étaient impénétrables, lorsque des entrailles mêmes de la colline s'éleva un bruit qui me parut plus terrible que celui de cent canons.

Cette commotion semblait ébranler le sol et se répercutait dans les souterrains et les profondes excavations de la mine.

Je me rejetai tout-à-coup en arrière, pendant que mon ami se riait de ma terreur.

Ce bruit provenait tout simplement de l'explosion d'une mine à laquelle on avait mis le feu, dans une partie éloignée des souterrains.

Nous pénétrâmes dans l'intérieur de la colline, par un tunnel que l'on m'assura être d'une étendue de trois cents pieds, le même par lequel les chariots pénétraient à l'intérieur pour enlever le minerai entassé dans la mine. Il y avait là sept wagons complètement chargés.

Au-dessus de notre tête s'élevait une voûte soutenue par de gigantesques piliers de pierre, supportant un toit d'environ cent pieds de roc solide.

La lumière filtrait de distance en distance, à travers de grandes ouvertures par lesquelles nous apercevions la lumière du dehors.

Tout autour de nous, s'ouvraient des orifices profonds d'environ une centaine de pieds, et dans les sombres profondeurs desquels les lampes des mineurs scintillaient comme autant de petites étoiles au milieu des ténèbres. Nous entendions les coups de marteaux attaquant le minerai, et à chaque instant nos oreilles percevaient les détonations de la mine ébranlant la pierre et s'éteignant peu à peu dans la profondeur des excavations.

On me montra une échelle, et l'un des mineurs m'invita à descendre vers l'endroit où brillaient les lumières, mais je refusai, car je me souciais fort peu de faire une chute et de tomber sur les roches détachées, de façon à être infailliblement broyé.

Pendant que nous étions sur la colline, l'heure du repas fut annoncée à son de cloche.

Les petites lumières commencèrent à se mouvoir toutes à la fois, et au bout de quelques instants les mineurs sortirent de l'obscurité et se montrèrent au haut des échelles, les vêtements couverts de poussière.

On eût dit une armée de cyclopes quittant les forges de Vulcain.

Je me sentis très-satisfait au moment où mes pieds touchèrent de nouveau la surface du sol extérieur, et quand j'aperçus le ciel au-dessus de ma tête, et non point cette croûte de rochers qui semblait vouloir m'écraser.

Dieu merci, mon courage est à l'épreuve lorsque je puis en plein air apercevoir le danger, lui faire face ou le fuir à mon gré ; mais les ténèbres ébranlent mes nerfs, j'ai en horreur l'obscurité des cavernes, celle des caveaux et des excavations souterraines.

La mine dont je viens de parler est d'une richesse si grande, que plus on y travaille plus elle semble être inépuisable.

On trouve plusieurs autres mines éparpillées dans les environs avec le minerai desquelles on pourrait approvisionner tous les quincailliers de l'univers ; mais la mine Palmer est celle qui suffit le plus abondamment aux demandes du commerce.

A Plattsburg, je me séparai de mon cher guide Tucker, qui reprit le chemin de sa cabane et de son petit coin de terre, sur les frontières de la civilisation.

Quant à moi, je rentrai à New-York, où mes occupations de journaliste me réclamaient.

Nous nous séparâmes avec regret, Tucker et moi.

Rien qu'à l'ardente et cordiale étreinte de sa main,

je compris qu'il ressentait un chagrin pareil au mien, et je devinai d'autant plus ce sentiment, qu'il me dit en partant ces paroles que je répète moi-même à mes lecteurs :

— Au revoir! et que notre route à travers la vie soit aplanie et sans épines.

FIN DE AU MILIEU DES BOIS.

DISTRIBUTION DES CONTRÉES DE L'AMÉRIQUE.

L'Amérique ou Colombie, nom que cette partie du monde devrait plutôt porter en l'honneur de Christophe Colomb, son découvreur, est située dans l'hémisphère occidental de notre globe.

Elle se compose de deux continents, fort vastes l'un et l'autre, taillés en triangle, et réunis par l'isthme de Panama.

Suivant leur position, ces deux continents prennent les noms d'Amérique septentrionale et d'Amérique méridionale.

L'isthme de Panama, qui leur sert de point de jonction, est formé par une chaîne de rochers élevés, qui, semblables à une digue immense, sépare l'océan Atlantique du grand Océan équinoxial, celui-ci plus bas de cinq à six pieds que celui-là, et s'élève là comme les restes gigantesques d'un monde détruit.

Au milieu du golfe oriental formé par les côtes des deux grandes presqu'îles du Nouveau-Monde, au pied et en regard de cet isthme, surgissent du sein des vagues les îles appelées Antilles, *Ante Insulæ*, ou Indes occidentales, ces mêmes îles qui les premières furent découvertes par le brave amiral Christophe Colomb.

Au nord, le sol de l'Amérique se perd sous les glaces, vers le 80e degré de latitude septentrionale.

Au sud, l'Amérique méridionale se termine au 54e degré de latitude sud, où elle est séparée de la Terre de Feu par le détroit de Magellan.

La cap Horn forme l'extrémité méridionale de cette Terre de Feu.

A l'est, le cap brésilien de Saint-Roch, sous le 341e degré de longitude, forme la limite orientale de cette quatrième partie du monde;

Et, à l'ouest, elle se termine par le cap du Prince de Galles, à l'extrémité de la presqu'île d'Alaschka, sous le 209e degré de longitude occidentale.

La superficie de l'Amérique est évaluée à 1,250,000 lieues carrées.

Sous le nom d'Amérique du nord, on entend toute la région comprise entre la mer Glaciale et l'isthme de Panama;

Et, sous le nom de Groënland, les pays situés entre la partie nord-ouest de la baie de Baffin, le détroit de Lancastre, le Spitzberg et la Terre de Baffin.

L'Amérique anglaise septentrionale comprend :

Le Haut et Bas-Canada, le New-Brunswick, la Nouvelle-Ecosse, les îles du Prince Edouard, le Cap Breton, Terre-Neuve et le Labrador, les îles Bermudes et la Nouvelle-Galles.

L'Amérique russe se compose de la longue terre formant la presqu'île d'Alaschka.

Les terres des côtes, connues sous le nom de Nouvelle-Géorgie, Californie, Nouvel-Hanovre et New-Cornwallis, sont habitées par des Indiens indépendants, vivant sous l'autorité de leurs chefs.

Le voisinage des Montagnes-Rocheuses et les Prairies du centre de l'Amérique du nord sont occupés par :

Les Indiens à côte de chien, au nord du lac des Esclaves ; — les Indiens cuivrés, sur les bords de la Rivière de Cuivre ; — les Indiens Querelleurs, à l'embouchure du Makenzie ; — les Indiens de Nathana, sur le fleuve de ce nom ; — les Knisteneaux, habitant les contrées situées près du lac Winnipic ; — les Peaux-Rouges, sur le Nelson supérieur ; — les Pieds-Noirs, entre le Nelson et le fleuve du Cerf-Rouge ; — les Indiens des Cataractes, sur le Sainte-Marie et le Haut-Missouri ; — les Kostonahows, aux sources de l'Askov ; — les Chippeways, dans le voisinage du lac Supérieur, et à cette tribu appartiennent les Napesangs, les Ottawas, les Muscogulges et les Messisangs ; — les Algonquins, sur les bords du Saint-Laurent dans la Nouvelle-Ecosse ; — les Mohicans, d'où descendent dix tribus différentes ; — les Iroquois, sur les lac Erié et Ontario, dont font partie les Hurons, les Mohawks, les Onéïdas, les Sénécas, les Cayougs, les Onondagas et les Tuscaroras ; — les Nadovessies, sur la rive occidentale du Mississipi ; — les Osages, sur le fleuve de ce nom ; — les Ottogames et les Sakis, sur la rive orientale du Mississipi ; — les Arrapays, sur le Kansas ; — les Sioux, sur le Missouri et le Mississipi ; — les Apaches, les Navajoès, les Comanches et une foule d'autres tribus.

Les Etats-Unis d'Amérique ont pour principales provinces :

Le Maryland, la Virginie, l'Etat de New-York, la Pensylvanie, la Delaware, la Caroline du nord, New-Jersey, la Louisiane ou Nouvelle-Orléans, le Massachussets, le Connecticut, la Caroline du sud, Rhode-

Island, la Colombie, l'Ohio, la Géorgie, le Tennessée, le Kentucki, New-Hampshire, Maine, Vermont, Illinois, Alabama, Mississipi, Michigan, le territoire du nord-ouest, l'Orégan et les Florides.

La république de Guatémala et l'empire du Mexique sont les derniers Etats de l'Amérique du nord.

Dans l'Amérique australe formée par la république de Guatémala, on compte cinq provinces : Guatémala, Nicaragua, Honduras, San-Salvador et Costarica, qui forment environ quinze mille lieues carrées.

L'Amérique du sud compte les Etats suivants :

L'empire du Brésil ; — la Guyane, divisée en Guyane française, Guyane anglaise et Guyane hollandaise ; — la république de Colombie, qui a donné naissance, en 1831, à trois nouvelles républiques indépendantes : Venezuela, Nouvelle-Grenade et l'Equateur ; — la république du Pérou ; — la république du Chili ; — la république de Bolivie ; — le Paraguay, sous l'administration d'un dictateur absolu ; — la république Argentine et celle des Araucaniens ; — la république Cisplatine et le pays des Patagons.

Les îles les plus importantes de l'Amérique sont :

Les grandes Antilles, comprenant Cuba, Jamaïque, Haïti ou Saint-Domingue, et Porto-Rico ;

Les petites Antilles ou îles Caraïbes, qui se composent des îles Virginie, au nombre de soixante : Saint-Thomas, Sainte-Croix, Saint-Jean, Spanishtown, Tortosa, Onégada, des Serpents, Saint-Eustache, Saint-Martin, Anguilla, Saint-Barthélemy, Saint-Christophe, Newïs, Monserrat, Antigoa, Guadeloupe, Marie-Galande, Désirade, Martinique, Sainte-Lucie, Barbades, Grenadilles.

Tabago, Trinidad, Sainte-Marguerite, Curaçao, Bahama ou Lucayes, etc.

Dans les deux océans Atlantique et Pacifique, sont dispersées en outre, autour des deux Amériques, les îles Orlow, Malouines ou Falkland, la Terre de Feu, séparée de la Patagonie par le détroit de Magellan; celle des Etats, séparée de la Terre de Feu par le détroit de Le Maire; l'île du Nouvel an, sur la côte sud-ouest de la Terre de Feu; les îles de Guanajéco, de Mas-Fuero et de Juan-Fernandez; l'archipel de Chiloë; les îles Galla-pagos, appartenant à la Colombie; les îles Thompson, près des Florides; les îles de Richmond et de Long-Island, sur les côtes de New-York; l'archipel du Roi Georges III, et ceux du Duc d'York et du Prince de Galles, composés d'une innombrable quantité de petites îles; les Bermudes ou îles Summers; Terre-Neuve, la Nouvelle-Ecosse, le New-Brunswick, autrefois l'Aca-die; l'île du Prince Edouard, autrefois Saint-Jean; et enfin le Cap Breton.

L'Amérique du nord, en exceptant le Mexique et Guatémala, présente l'aspect d'une plaine riante entou-rée des deux côtés par des chaînes de montagnes.

Elle a pour toile de fond, à l'ouest, la longue et for-midable chaîne des Andes ou Cordilières, qui sillonne les deux Amériques du nord au sud, et porte dans l'A-mérique du nord le nom de Montagnes-Rocheuses.

A ces montagnes se joignent quatre lignes parallèles de montagnes nommées Monts du Laurier, Montagnes Bleues et Monts Alleghany, qui portent le nom commun d'Apalaches.

Les rivières qui arrosent l'Amérique septentrionale, descendant presque toutes de ces montagnes, sont : le

Mississipi, l'Ohio, le fleuve de Cook, le Rio-del-Norte,
le Missouri, le Saint-Laurent, le Makenzie, la Rivière
de Cuivre et leurs affluents.

Partagé en deux versants par les Cordilières, le nouveau continent verse ses eaux d'un côté dans le grand
Océan équinoxial, et de l'autre dans l'océan Atlantique
et l'océan Glacial arctique.

L'Amérique septentrionale compte en outre un grand
nombre de lacs immenses et d'une rare beauté : lac
Michigan, lac Huron, lac Erié, lac Ontario, lac Atha-
pescow, lac Nicaragua, lac Chapala, lac des Assinipoils,
lac des Esclaves, et lac de Winnipic.

Au contraire de l'Amérique septentrionale, que nous
avons dit présenter l'aspect d'une grande plaine, l'Amérique méridionale forme un grand triangle sillonné en
tous sens par de hautes chaînes de montagnes.

Le plateau fertile de Llano del Pullal, élevé de huit
mille sept cents pieds au-dessus du niveau de la mer,
célèbre par ses richesses en produits médicinaux, tels
que le quinquina, l'ipécacuanha et autres, est le seul
qui interrompe la longue suite des sommets, toujours
couverts de neige, des Andes ou Cordilières du sud, au
milieu desquelles le feu souterrain qu'elles recèlent se
fraie un passage tant au Pérou qu'à Quito, au Mexique
et à Guatémala.

Cette chaîne des Cordilières traverse dans la direction
du pôle tout le triangle de l'Amérique méridionale, depuis les caps Froward et Pilarez, au détroit de Magellan, jusqu'à l'isthme de Panama.

Le sol s'élève insensiblement depuis la côte de l'océan
Atlantique jusqu'aux montagnes qui forment la côte
ouest de l'océan Pacifique ou grand Océan équinoxial,

et qui, semblables à un mur gigantesque, s'y terminent en rochers escarpés.

Les monts Chiquitos, dont les deux versants sont égaux, partent de la côte ouest du golfe d'Arica, et se dirigent vers l'est en traversant le Brésil. Deux vastes plaines s'étendent à leurs bases : la plaine de la Plata ou les Pampas, et la plaine du pays des Amazones; la première offre de riches prairies, et la seconde est couverte de bois.

Plus au nord, sur la côte de la mer des Caraïbes, s'élèvent aussi les monts Caracas, renfermant la plaine de l'Orénoque, vaste et fertile savane intérieure, d'une superficie de quatre-vingt-trois mille trois cent trente lieues carrées.

Les trois grands fleuves de l'Amérique du sud sont l'Orénoque, le fleuve des Amazones ou Maragnon, et la Plata. Ces trois fleuves ont de très-nombreux affluents, aux inondations desquels cette portion du Nouveau-Monde doit sa prodigieuse fertilité. Ce sont l'Uruguay, le Parana, le Colorado, le San-Francisco, le Pilcomayo, le fleuve de la Madeleine et la rivière Vermeille, qui tous possèdent de magnifiques cascades.

Aux lacs de l'Amérique du nord on peut opposer, dans l'Amérique du sud, les lac d'Ybera, de Zapatosa, de Maracaïbo, de Parima, de Xaracs, de Patos, de Chincaychocha, de Parime, de Merun, de Villa-Rica, de Lauri, de Titicaca, ainsi que les riches étangs salés de Ponrogo.

Le climat de l'Amérique méridionale est beaucoup plus froid que dans toute autre contrée sous la même latitude. La plupart des montagnes de la zone torride y sont couvertes d'une neige éternelle. Monsieur de Hum-

boldt a fixé à quatorze mille sept cent soixante-douze
pieds la ligne où commence la neige sous l'équateur. Et
cependant cette seconde moitié du grand continent de
l'hémisphère occidental a été dotée de telles richesses
naturelles, les règnes animal et végétal y ont atteint
un tel degré de grandeur, les espèces y sont si nombreuses, si variées, et quelques-unes parviennent à des
proportions si colossales, que l'Amérique du nord peut
difficilement rivaliser avec elle. Il suffit, pour s'en con-
vaincre, de jeter les yeux sur ces monts dont les pics
se perdent dans les nuages, sur ces forêts vierges remplies d'arbres gigantesques, peuplées de troupes innombrables de singes, de colibris et de perroquets, sur ces
immenses savanes, ces pampas à perte de vue, et ces
grands fleuves semblables à des mers.

Ici, la nature tout entière, animée ou inanimée, porte
le cachet de la grandeur, et revêt un caractère de majesté et des formes colossales que l'on chercherait en
vain dans toute autre partie du globe. Ce qui distingue
surtout le nouveau continent de l'ancien, c'est l'aspect
particulier de sa surface, qui est encore moins remarquable par l'élévation prodigieuse de ses montagnes que
par les contrastes singuliers que présentent leurs bases,
que rien ne semble lier au pays de l'intérieur, tantôt en
s'abaissant au-dessous du niveau des contrées voisines,
tantôt se terminant en côtes escarpées, offrant ici la
fertilité la plus grande, et plus loin l'aridité des déserts.

On pourrait considérer l'Amérique méridionale comme
l'Amérique proprement dite, car ce fut elle qui reçut
spécialement le nom d'Amérique, qu'on n'a donné depuis que par extension à toutes les terres du nouveau
continent. La partie qu'arrose l'Orénoque avait été tou-

chée par Christophe Colomb, mais la partie du Brésil, plus vaste-et plus étendue, fut découverte, en 1497, par Améric Vespuce : elle forme un vaste triangle dont la pointe la plus allongée se dirige vers le midi, et, en y comprenant la Terre de Feu et l'île des Etats, elle s'étend entre le 11ᵉ degré de latitude septentrionale et le 55ᵉ de latitude méridionale, et depuis le 18ᵉ degré jusqu'au 63ᵉ degré de longitude occidentale.

Ce continent, dont on estime l'étendue à environ six cent mille lieues carrées, communique avec l'Amérique septentrionale par l'isthme de Panama.

Cet isthme de Panama est une longue crête de rochers, dont l'élévation est d'environ cent quatre-vingt-douze mètres, et qui, dans sa moindre largeur, compte à peine vingt lieues. Il sert de digue aux flots de l'Atlantique, qui feraient, sans lui, irruption dans le grand océan Pacifique équinoxial dont les eaux sont moins élevées d'environ six mètres.

FIN.

TABLE

FIN DE LA TABLE.

Limoges. — Imp. Eugène Ardant et Cie.

www.ingramcontent.com/pod-product-compliance
Lightning Source LLC
Chambersburg PA
CBHW061429030726
47503CB00005B/1346